你别唱歌，我怕听了会哭

苒倾叶 著

内蒙古出版集团
远方出版社

图书在版编目(CIP)数据

你别唱歌，我怕听了会哭 / 苒倾叶著 . —呼和浩特：远方出版社，2016.1
（紫水晶情感小说系列）
ISBN 978-7-5555-0623-2

Ⅰ . ①你… Ⅱ . ①苒… Ⅲ . ①长篇小说–中国–当代 Ⅳ . ① I247.5

中国版本图书馆 CIP 数据核字 (2016) 第 024168 号

你别唱歌，我怕听了会哭

作　　者	苒倾叶
责任编辑	云高娃
出版发行	内蒙古出版集团　远方出版社
社　　址	呼和浩特市乌兰察布东路 666 号　邮编 010010
电　　话	（0471）2236471 总编室　2236460 发行部
经　　销	新华书店
印　　刷	北京富达印务有限公司
开　　本	650 × 940　1/16
字　　数	140 千
印　　张	12.5
版　　次	2016 年 3 月第 1 版
印　　次	2016 年 3 月第 1 次印刷
标准书号	ISBN 978-7-5555-0623-2
定　　价	25.00 元

引　子

这是一篇关于音乐，追忆和亲情、友情、爱情的故事。

雨桐说：“如果离开是你的选择，那么守着你的梦就是我的宿命。我可以付出所有，只是因为你的喜欢。我可以为你做任何事，就算我永远也无法知道自己在你心里的位置，我的爱只是这么简单。

随着你的离开，也一并带走了我幸福，可是遇见他是你安排吗？如果不是，我又该怎么办？”

一场钢琴赛改变了四个人的命运，谢雨桐为了完成旭日（她青梅竹马的男友）生前的心愿，为了让折翼（旭日的好友）不放弃钢琴，她什么都愿意做，因此答应做折翼的女朋友。折翼因为一直惦记着没能赴约钢琴大赛的好友旭日，从日本来到中国，就读了雨桐所在的班级。折翼来中国还有一个原因，为了找寻自己的母亲，那个曾经抛下他的女人。

折翼和雨桐的接触，让他慢慢地爱上了这个女孩，一次偶然中他见到了自己的母亲，甚至得到了一个骇人的消息，他的好友旭日已经离开了这个尘世，并且旭日是自己的弟弟。这样的关系让他不能接受，他不知道要怎么面对雨桐，面对旭日……

命运的交错让原本的一切都变了，这样的转变是该接受还是离去……

目录

第一章　等待，遗忘

我们承诺过爱情，可是命运往往不给我们任何思考的机会……

很久很久以后，谢雨桐才发现，那是个错误，也许从她说出那个名字的时候，就把她和旭日的命运也隔开了。

“还有五分钟哦！”Any 走过来和谢雨桐说。

“哦。”谢雨桐笑着回应她。她手指不停地交错着，心脏急速地跳动着，好像要从口里蹦出来一样。

突然一双洁白的手握上了她的手，她抬起头，对上了一双深邃的眼眸。

“第一次是这样的。你就当是平时练习好了，我会一直看着你，陪在你身边。”说着旭日吻上了她的眉心。

谢雨桐喜欢看旭日阳光般的笑脸，就像不管在哪里，只要有他就会是晴天。

演奏会比她预想的要好得多，她的心平静如水，是他，她知道的，只是她不知道用“阴月”这个名字开始她的演奏生涯真的好吗？毕竟这是第一次，也是唯一一次没有事先告诉他，没有同他商量就自己决定的事。

傍晚的公园没有了白天的喧闹，宁静的美，让人不忍心去破坏。夕阳的余晖洒在长长的座椅上，有种温馨的浪漫。

从谢雨桐的演奏会结束到现在，旭日都没说一句话，是因为她用了“阴月”这个名字吗？

“为什么要叫‘月’？”

是他的声音吗？可为何明明声音那样平淡，却能让她听出一种寒冷来，还是她想多了。

“因为这样会让我觉得离旭日很近啊！”回答了，她还是回答了。

“……”

“你不喜欢吗？”像是过了一世纪，她才找回了自己的声音。她害怕，她不喜欢这样沉默的他。

“没有，很好听。”旭日笑了，她知道他接受了。

后来，他们谁也没有说话。谢雨桐把头枕在他的肩上，静静地欣赏着夕阳，沉默在宁静中蔓延开来。

这时候只要你一抬头就能看见高高悬挂在西边的太阳，已经快要落山了，红黄两种颜色融合在一起，一点儿也不显得耀眼，煞是好看。

而月亮在东边，像一条小船，悬挂在天边，微弱的银光显得它那么纯洁无瑕，在瓦蓝瓦蓝的天空的衬托下，显得有些不太真实。

谢雨桐一直以为日和月是同一个世界的，一个轨道的，会永远永远在一起。可是后来的后来，她终于发现那是个错误，日和月虽然很亲、很近，但他们永远无法走在一起。月总是绕着日转，日升月落，日落月升，虽然是永恒的时光，但那段距离永远永远阻隔着他们，就像她跟他一样。

“雨桐，你等等我，走那么快干吗！”砾子又在叫了，超爱八卦的她，应该又有大新闻吧！

砾子是雨桐的死党，谢雨桐还记得大一开学那天砾子穿着浅蓝色的连衣裙来到她的身边，笑眯眯地说要和她做朋友。砾子是个非常可爱的女孩子，她有着如瀑布般如墨一样黑亮的直发，泻落在腰肩，拥有着一张如洋娃娃般漂亮的脸蛋，笑起来有浅浅的酒窝。她是个十分开朗的女孩，就是有点爱八卦。比如今天又有哪位帅哥英勇就义啦！又有哪位富家公子和小姐好上啦！谁又被评为这一届校草啦……总之很多事都逃不出她的千里耳，真是和美国情报局有的一拼，雨桐有时常在想她做狗仔队一定会捞到很多独家内幕。

“雨桐，你知道吗？我们学校今天会转来一个超级大帅哥哦！”砾子气喘吁吁地跑到雨桐身边，一刻也不容喘息地开说。

“你评价帅哥的标准是什么哦？”雨桐不禁翻起了白眼。

“我告诉你哦，今天这个很不一样，他不仅人长得帅，听说他老爸还是日本 XX 集团的总裁，而且……雨桐你走那么快干吗，我话还没说完呢！”

“你再不快点，我们就要迟到了。”雨桐回头跟她说，不理会她一个人的自我陶醉，拾步就走。

砾子急忙追上了雨桐。

“你继续说吧！”雨桐知道如果不让砾子说下去，她大概会憋死。

“我，我是想说他是上一届钢琴大赛的冠军，可是他这人却很是冷漠，冷得要命，他……”

钢琴大赛，听到这句话，雨桐一下子呆愣在了原地。

旭日，如果那天你有去参加的话，也许得奖的就是你了。你的钢琴弹得那么好。雨桐在心里默念，心底的某个角落微微地疼痛着。

“雨桐，你怎么不走啦，怎么了？”砾子被雨桐的反应吓了一大跳。

“没事，走吧。那他叫什么名字来着？”雨桐对砾子笑笑。

“哦！他叫折翼，很好听吧？本来他……”砾子后来说了什么雨桐不知道，雨桐只知道听到那个名字的时候，她的大脑就一片空白了。

旭日，是他对不对，你说的那个人……他，回来了！你看见了吗？

“雨桐，雨桐你怎么了？怎么今天老是怪怪的。”

雨桐回过神来，“没事，你刚说什么？”

“喂！你到底有没有在听啊？我说他本来可以去国际顶级的音乐学院念书的，可是，他却选择了我们学校，虽然我们学校也是国内数一数二的，但是和国际级的学校相比还是差一点啊！真不知道他是怎么想的。”

“是吗？也许他有自己的想法吧。”

雨桐和砾子赶到教室的时候，教授也正好踏进教室，“各位同学，今天我们班有一个新同学要加入，”教授走上讲台笑眯眯地告诉大家，“他可是一位大帅哥哦，你们也应该或多或少地认识他吧，他就是折翼同学，大家欢迎。”

只听见教室里顿时变得沸沸扬扬，“折翼，你做个自我介绍吧！”

“大家好，我是折翼。”他扫视了一眼全班，目光冰冷，就像这里的一切都与他无关。

可是大家都没有留意他眼里的东西，女同学脸上都写满了幸福，有的口水都快流出了，但仍舍不得把目光移开，应该都在想近水楼台先得月吧！当然也包括雨桐身边的这位咯！可是男士们眼里都露出杀人的眼光，看来一场血腥的“战争”又要开始了。

“折翼，你就坐雨桐后面吧！”教授终于发了话，同时指了指雨桐身后的空位，也不算什么空位啦，因为最后一排大半都是空的。当然，同学们除了惊奇以外也充满了好奇，他不是应该去音乐系吗？为什么会跑来念国贸系啊？

“你好，我是砾子，她是雨桐。”刚拉下课铃，砾子那家伙就迫不及待去套近乎了，当然也不是她一个啦，很多同学都一样，可是在他冷冷地响应后就都回去了，他真的像一座冰山。

旭日，你们应该是很好的朋友吧！要不然你不会在走之前都那么恋恋不舍，你的口中还是只有他。

“雨桐，如果我走，替我照顾翼，让他笑，我想看他笑，还有你，你也要让自己幸福。”

幸福！

旭日，难道你不明白吗？随着你的离去，我的幸福也完结了。没有你的世界里，我还会幸福吗？

“为什么一个人待在这里发呆？”

“今晚的星空很美，哥。”雨桐转过头对站在身后的男生笑笑。

“怎么了，又在想旭日了？”雨豪走过来坐在雨桐旁边，他的话语很轻，像是怕触碰到雨桐已结痂的伤口，“他走了快两年了吧！”

“嗯！”雨桐把头枕在哥哥肩上，仰望着深邃的星空。

“你今天很不一样！”哥哥和雨桐一样望着天空，声音轻轻的。

“有吗？”雨桐转过头望着雨豪。

“我是你哥，你觉得你有事能骗过我吗？”雨豪转过头看着雨桐。

雨桐仰起头，看着零星的那几颗星星，突然觉得它们也是寂寞的吧！“哥，旭日他在看我对不对，他说过他永远都会守在我身边的。”

“如果有一天你迷路了，累了，看看那颗最亮的星星，那就是我，我会一直陪在你身边的。”那个时候旭日就是这样跟她说的。

“我今天看见他了。”望着深邃的星空，雨桐突然开口说。

“啊，谁？”哥哥满脸疑惑地看着雨桐。

“哥，你知道折翼吗？”雨桐转过头看着身旁的雨豪。

“嗯！”哥哥点了点头，“他是一颗新星，在音乐界也有一定的分量，我听过他的钢琴，跟旭日有得一比。怎么了？好好的，问他干吗？”

“没什么，他今天转到我们班来了。”雨桐的声音轻轻的。

“那他应该有原因吧！对了，我明天要去罗马，那里有场音乐会，我不在家，你要自己照顾好自己。”雨豪转过头轻揉着雨桐的头发。

“嗯，我知道。”雨桐朝雨豪点点头。

“早点睡啦！晚安！”哥哥说着起身向屋里走去。

漆黑的夜空挡住了星星的轨迹，雨桐抬头仰望着夜空。只有在自己独自一人时，才知道有多想念旭日。

刚踏进学校，就看见砾子飞奔而来，“雨桐，今天怎么这么晚？”

晚吗？雨桐下意识地抬起手，“不会啊，以前也是这个时候啊，怎么啦？我们是下午的课，你不要告诉我你早上就来了，你什么时候变得这么勤快啦！”雨桐望着天空，还以为今天太阳从西边出来了呢！

“也没什么啦！没什么事就来了啦。”砾子尴尬地摸摸头，不知该说什么。

看着砾子那样子，让雨桐不禁想笑，“好啦，到底什么事，你说吧！”

这时砾子才想起自己的目的，二话不说拉着雨桐就跑。

“慢点啦！”雨桐就这样和砾子从校门口一直跑到了教室，这大概是雨桐这辈子跑得最快的一次了吧！

“什么？”看着空旷的教室，雨桐转过头问站在身边的砾子。

“刚才还在这儿啊，怎么一转眼就不见啦！”砾子小声地嘀咕着。

“啊？”听着砾子的自言自语，弄得雨桐更迷惑了。

“哦！我是说折翼啦！我本来早上来学校拿资料的，可是我看见了他，他一直都在这啊，怎么……”砾子手舞足蹈地说着。

“哦！他可能有事出去了吧。”雨桐像安慰小孩似的对砾子说。

“嗯，一定是这样！”砾子突然展开了笑颜，“我们在这等吧。”

“砾子，我还有事，你先在这等吧！我待会儿过来。”说完雨桐走出了教室。

雨桐也不知道自己想去哪里，只知道心里闷闷的，像要下雨前的天气，沉闷得让人透不过气，漫无目的地走在校园里，优美的琴声吸引了她，雨桐随着琴声来到了音乐厅的门前，门好像没关，雨桐轻轻地推开了门，在最后一排座椅坐下。

显然弹琴的人没有注意到雨桐，还一味地沉寂在自己的音乐里。这是与旭日截然不同的一种音乐风格，他的音乐很刚烈，足以震撼人的心灵。而旭日的琴声就像涓涓细水，会轻轻地流入你的心田，让人感觉到舒适和安逸。可是这音乐却好悲伤，让雨桐不得不想看看能弹出这样音乐的人究竟是谁。

是他，雨桐终于明白哥为什么那样说了。的确，他真的是一个不可多得的人才，他的音乐真的很棒。旭日，如果那天你有去参加那场音乐会，一定会很开心吧！你是那么欣赏他，那么企盼能和他一决高下。

“什么事那么高兴啊！”看着旭日布满笑容的脸颊，让雨桐也好想和他一起分享。

“月，下个礼拜我就要去日本参加这一届的国际钢琴大赛了。”旭日把雨桐紧紧地搂在怀里，爱抚着雨桐齐肩的长发。这是雨桐这么久以来看见旭日笑得最开心的一次。

“你每次比赛都拿冠军啊！那时怎么没见你这么高兴啊！”雨桐喜欢旭日把自己搂在怀中的感觉，就像自己拥有全世界一样。

“这次不一样，他也会参加，你知道的，我一直期盼能和他一决高下。”旭日的声音很轻。

“折翼吗？”雨桐轻声地问。

“嗯！”旭日点了点头。

“祝你成功！我会一直陪着你。”看着旭日微笑的笑脸，雨桐知道这场演奏会对他来说有多重要。

“折翼是我很好的朋友，到时我介绍你们认识啊！他很帅的。”说着旭日吻上了雨桐的眉心。

雨桐不记得自己是什么时候离开那里的，她只记得离开时自己已是泪流满面，一整个下午雨桐都心绪不宁，所以就选择了早退。

今晚没星星，雨桐望着窗外漆黑的夜空。旭日，近来可好。雨桐翻开那厚厚的笔记本。

旭日，好久没和你聊天了，你生气了吗？对不起啦！今天我听见翼的钢琴了，真的很棒，可是那种哭泣、心碎的琴声……你也一定听过对不对，就是因为这个，你才那么关心他，想要让他高兴快乐起来吗？

旭日，你知道吗？我曾经恨过你，为什么你从来都没有说过爱我，就连你走的时候，你口里念的那个人也不是我。

可是为什么我就是停止不了爱你！你放心，我一定会帮你完成心愿，让翼笑，让他快乐，这样你就会很开心很开心，对不对？这样你就会幸福，是吧！

第二章 情空

如果这是他的愿望，不管付出什么我都愿意……

“雨桐，昨天你怎么那么早就走啦！害我担心了半天。”砾子不高兴地噘起嘴角。

“好啦！对不起嘛！我有点不舒服，所以就早退了。”雨桐不好意思地说着。

“生病了吗？有没有去看医生？”说着砾子摸着雨桐的额头试探温度。

看着她担心的脸庞，雨桐的心里也有点不是滋味，“好啦！骗你的啦！”雨桐对她吐吐舌头，匆忙跑开了。

“死丫头，你又耍我，看我怎么收拾你。”砾子在身后追着雨桐。

就这样雨桐和砾子一起打打闹闹地进了教室。当然现在的教室里空无一人，不，确切地来说有一个人，不过他在睡觉。

“小声一点。”冰冷的声音让雨桐不禁打了个寒战，雨桐和砾子同时回头。

“折翼，你怎么会在这里？”知道砾子对帅哥没什么免疫力，可是也不用愚蠢到问这号问题吧！雨桐不禁翻了翻白眼。

折翼白了她们一眼，拿起挎包，大步地向外走去。

“拽什么！”砾子嘟了嘟嘴。

课结束得很早。“雨桐，我们和温温她们去玩吧！”砾子边收拾书本边对雨桐说。

“不啦，你们去吧！我还有事。”转头看着后排空空的座位，让雨桐下意识地回了砾子的话。

“嗯，那好吧！你有事给我打电话哦！”砾子拍拍雨桐的肩。

时间还早，雨桐不想回家。雨桐不知道自己刚才为什么拒绝砾子她们，是因为他吗？等雨桐回过神来的时候，才发现自己站在音乐厅的门前。推开门，同样使人震撼却悲伤的曲子在空气中飘荡，雨桐照常坐在最后一排的空位上，静静地听着音乐，静静地。

为什么你的曲子里听不出一丝快乐，难道这个世界上就没有值得你去珍惜的吗？你的世界就真的一片漆黑吗？不，你最起码还有旭日，他那么在乎你，你应该是幸福的。

“不要再弹了！”雨桐走到他身边大声地对他说。

琴声仍然布满整个大厅。折翼抬起头望了雨桐一眼，那种眼神里依然透露着漠视，看不出一丝情感。

雨桐故意不看他的眼睛，雨桐不喜欢那样的眼神。

钢琴还在继续弹着，望着她那倔强的眼眸，不知为何，折翼有种似曾相识的感觉。甩甩头，折翼还是停止了手上的动作。

“给我一个理由。”折翼转过身，望着旁边的雨桐。折翼记得她叫谢雨桐。他们同班，这也是他第一次记得他所关心的事物以外的事。她有着短短齐齐的碎发，长着一张圆润的脸颊。

她不漂亮，最起码！他见过比她更漂亮的女孩，可是她有着与别人不一样的东西，那种若有若无、若即若离的感觉就像一个容易破碎的玻璃娃娃。

“因为音乐太悲伤！难道在你心中，就没有值得你留恋、珍惜的东西吗？不，有的，最起码他是值得你珍惜的。”声音越来越轻，雨桐像在自言自语，可是折翼还是听到了。

“他？你说的……”眼神中布满疑惑的折翼正想要追问，一阵手机铃声打断了折翼的问话。折翼接听了电话，匆忙说了几句话后就挂断了。

“对不起，我有事先走了。”说完折翼拿着衣服便往外跑。到门口时，他突然停了下来，“你还没回答我的问题。”说完就消失在了夜幕中。

喧闹的酒吧里聚集着各种各样的人。在一处阴暗的角落里，坐着两个拥有着迷人外表的人，吸引了众多的目光。

“翼，不要再喝了。”旁边的人抓住了折翼拿着酒杯的手。

“Jame，你确定吗？”折翼望着他，像是在等着最后判决的人。

“是的，在两年前那场音乐会的当天。”说完 Jame 拍了拍折翼的肩膀。

“放心我没事！那，她呢？”声音中夹杂着一丝颤抖。

“暂时还没有消息，你给我的资料实在是太少了，再给我点时间。”Jame 无奈地说着。

“好，谢谢你！”折翼说完，喝了杯桌上的啤酒，起身准备离开。

“你不回去吗？叔叔他在找你。”Jame 对着折翼的背影说。

“是吗？他会在乎！”声音太轻，像是在说给自己听，折翼没有回头，而是径直往前走。

Jame 望着折翼的背影，微微地叹了口气，“你这又是何苦……”

呼吸着清新的空气，难得有一个这么好的天气。今天是周末，雨桐不打算回学校，哥哥昨晚打电话说今天回来，但在去接他之前，雨桐想先去看看旭日。

这里是一片自由的天地，这里的草地格外绿，这里的天空格外蓝。旭日以前也常常带雨桐来这里看夕阳的。旭日总说这里宁静的感觉就像雨桐！

雨桐把刚从花园里采摘的新鲜海芋放在旭日的坟前。这里还是和以前一样，只是雨桐的身边不会再有他了。“旭日，我要去接哥哥了，下次再来看你。”

在沿路回家的途中，看着依旧茂密的树林，阳光透过树缝照射在地上。这个地方是旭日发现的，他总说这里是仙境，是个只属于他们的世外桃源。

“雨桐！”雨桐被突如其来的声音吓了一跳，慌乱地抬起头，对上了一双熟悉的眼眸。

“折翼，你……”看着折翼手中的鲜花，突然发觉有些话雨桐还是不懂得如何开口。

“哦！我……是来看一个朋友的，你……”雨桐的电话声打断了她和折翼的对话。

糟啦！迟到了。“对不起，我还有事，先走了。”雨桐急忙向折翼告别，往家跑去。

看着Jame给的地址，沿着路走到树林时，折翼总以为是自己走错地方了，可是他还是想试试，没想到在这还遇到了雨桐，她去哪里？甩甩头，折翼奇怪自己怎么会有这样的想法，他一向对别的事不感兴趣啊！可是他不得不承认，她，的确很特别。

回过神来，才发现自己脚下已是碧绿的草地，眺望远处的十字架，折翼知道自己已经找到了，他为数不多的朋友——旭日的墓地。

看着照片上那张熟悉的脸庞，原本以为，那次的失约，一定是他有事，可是折翼却没有想到，他们永远没有机会再一较高下了，没有机会再一起练琴了。看着碑前洁白的海芋，折翼知道，那是刚采不久的，上面还有点点露珠，在阳光的照耀下，分外夺目。

是她吗？

折翼知道旭日是有女朋友的，可是无论怎么回想，却总是回想不起她到底长什么样。折翼只记得她拥有绸缎般乌黑发亮的长发。折翼还记得她叫阴月，也是乐界一颗新星。只是旭日和他弹的是钢琴，而她是拉小提琴的。

"雨桐，我决定明天去你们学校。"哥哥雨豪端了杯咖啡给雨桐。

"你答应去啦！不是说很忙吗？"雨桐不解地问他。

"我不好拒绝校长嘛！而且我也想去发掘几个音乐人才，我指的是折翼！"哥哥爱抚地摸着雨桐的头。

雨桐不解地看着他。

哥哥站起来走到窗边，喝了口手里的咖啡，望着窗外，久久没有一句话。在雨桐以为得不到答案的时候，"这是旭日生前的愿望，音乐是他的生命，他希望折翼能站在世界的顶峰，弹出动人心扉的音乐。”微弱的声音飘荡在空气里。

“旭日……”雨桐愣愣地站在原地。这就是你生前的愿望吗？

“你听过他的音乐吧！”雨豪没有回转过身。

“嗯？”雨桐疑惑地望着哥哥。

“我说的是折翼。”哥哥转过身对雨桐说，“他的音乐是很好，可是缺少一样东西，一样名叫幸福和快乐的东西。”

是啊！他那悲哀近似于哭泣的音乐，真的会打动人们的心，可是那种音乐不完整。

“所以雨桐，你会帮我的对不对，完成旭日的愿望也是你的心愿啊！”哥哥温和的话语在雨桐耳边响起。

“嗯！我会的。”雨桐点点头，因为只有这样旭日才会开心。

雨桐和砾子无聊地在校园里闲逛着，一辆很炫的跑车从她们的面前开过去，砾子像发现新大陆似的，“哇！好帅哦！雨桐快看是 Jason 耶。”砾子扯着雨桐的衣服兴奋地说。

雨桐疑惑地看着砾子。她见帅哥的反应也太大了吧！可是她好像误解了雨桐的意思。

“哦！你没听过他吗？他是 Jason 谢！国际上很有名的音乐制作人，不管是古典还是现代，他都非常厉害，你不知道多少艺人想请他，可是都不行。我以为我只能在电视上见到他，没想到我竟然亲眼看见他了耶！雨桐，你快掐我一下，看看我是不是在做梦！”砾子拉着雨桐的手，示意雨桐掐她一下。

“好啦！是真的，你没做梦。”有那么夸张嘛，雨桐摇摇头“走了啦！要上课了！”雨桐拉着砾子向校园的另一头走去。

还没走进教室就听见同学们在议论着什么。

“你们听说了吗？Jason 谢来我们学校授教耶，好羡慕音乐系的学生哦！”

“Jason 好有型，好帅哦！”

“真恨我自己怎么没有音乐天赋啊！那样我就能和Jason……”

…………

天啦！这是什么学校啊！花痴怎么这么多啊！雨桐不禁为自己的眼力感到心痛，怎么今天才发现啊！真是让人欲哭无泪。

雨桐径直走到折翼的座位前，“你听到啦！Jason 来了，你去找他吧！他会给你的音乐带来很多帮助！”

突然教室里变得好安静，雨桐才发现这位也是大家眼里的名人，只是他的冷漠让人退避三舍。

雨桐盯着他，良久，折翼什么话也没说，突然站起来向外走去。

“难道，你就这样放弃你的音乐吗？”雨桐对着折翼的背影大声地说着。

折翼停在了原地，却没有转过身来，“那是我的事，跟你没关系。”声音回荡在空荡荡的走廊上，没有一丝温度。

“我不会放弃的！”望着折翼背影消失的方向，雨桐这样对自己说。

“雨桐，你还好吧？你们？”不知何时砾子已站在了雨桐的身后。

“没事！上课吧！”雨桐对她笑笑，推着她回到教室。

看着空空的后座，已经三天了，折翼已经三天没来学校了。

“雨桐，我知道有家新开的店做的蛋糕很好吃，我们放学后一起去吧！”砾子拉着雨桐说。

“对啊！对啊！雨桐，你不要每次放学就回家嘛！和我们一起去吧！”温温也转过来跟着起哄。

雨桐说不过他们，就只有答应了。

她们穿了两条街，雨桐才知道原来她们学校旁边有这么多好玩的地方。

“哇，好多人哦！”刚站在门口砾子就在叫了。

“那边还有位置。”温温指着右边靠窗的位置说。

她们各自拿了自己喜欢吃的东西，坐在窗边的位置上。

“雨桐，这里不错吧！你以后要常和我们出来，别老是整天待在家里！”温温又开始念了。

“嗯，好！”雨桐只得乖乖地点头。

“哥，你不要这样嘛！爸他真的很想你！”一个温和的声音吸引了她们的注意力。

“好漂亮的女孩子哦！像童话中的公主一样！”温温不自觉地发出一丝赞美。

“对啊，你看旁边的那个人好像是折翼耶！”砾子也跟着附和着。

“嗯，他就是折翼，他们好般配哦！”温温也同时发出赞叹。

折翼，听到这两个字，雨桐下意识地抬起了头，真的是他。

“如果你来这里只是为了老头子，你明天就给我回日本。”说完折翼站起来准备离开。

“哥，你明知道我回来不是……对不起嘛！”女孩撒娇似的摇着折翼的胳膊。

“雨桐，你干吗？”温温和砾子同时发出声来，待雨桐反应过来时，自己已来到了他们身边。

“为什么不回学校？”雨桐望着折翼，想要一个明确的答案。

温温和砾子也跟着雨桐来到了这里。“雨桐……”砾子扯扯雨桐的衣角，示意雨桐回去，雨桐没有回应砾子。只是和折翼对视着，良久。

“哥！她们是……”漂亮女孩打破了沉默，拉着折翼问。

“噢！她们是我的同学，你看见啦。我要回学校了，你回去吧！我把这里的事情处理完了就回去。”折翼爱抚地摸着她的头发，笑着对她说。

“哇！”温温下意识地尖叫了一声，急忙用手捂住自己的嘴。

“好温柔哦！”砾子像发现新大陆似的发出感慨。

的确，这样温柔的他，又有几个人能体会得到呢！

“旭日，这就是你期盼的笑容吗？折翼也一定对你那样笑过吧！”的确，那样的折翼美得像个天使。

一路上，大家都保持着沉默，这样沉闷的气氛压得人喘不过气。

“要怎样你才会回学校，才不会放弃你的音乐。”最终雨桐还是打破了沉默，挡在折翼前面。

折翼慢慢地低下头靠近雨桐，雨桐下意识地后退一步，可是却被折翼靠得更近，在雨桐以为有什么事发生的时候，“做我女朋友。”耳边传来折翼微弱的声音。

雨桐抬起头，映入眼帘的却是那一抹若有若无的邪笑，很短暂，短暂到让雨桐以为那只是自己眼花时的一个假象。

“好好考虑一下！”折翼拍拍雨桐肩膀，向学校的反方向走去。

看着折翼消失的背影，雨桐呆呆地愣在原地。

“啊——”砾子的尖叫声把雨桐拉回了现实。

“雨桐，你跟折翼刚才……”看着砾子比画的动作，真的很好笑。

“对啊！对啊！雨桐，折翼刚才是不是吻你了？你们？雨桐你不老实哦。”温温也跟着起哄。

“没有，没有，没有，哪有你们说得那么夸张啊！”雨桐用力地瞪着他们。

“可是，刚才明明……”砾子小声地说着。

“好了，我要回家了，拜拜！”雨桐说着转身向另一个方向离去。

第三章　天使不哭泣

虽然知道他不是你，可是有你的幸福仿佛就在昨天……

今晚的夜色，漆黑的夜空遮盖了星星的轨迹。雨桐打开厚厚的笔记本。

旭日，今天发生的事你都看见了对不对，折翼他提出的那个要求，我该怎么办？如果我不答应他，他是不是真的会放弃音乐。如果那样，你是不是会很不开心。那么，我也不会开心啊！旭日，你说过，你想看他弹琴，看他笑的对不对！所以我答应他。你也一定一定不能生气哦！你要知道，我喜欢的人一直一直只有你！

“小懒猪，起床啦！你要迟到了。”雨豪的声音在床边响起。

“别吵啦！我要……”雨桐猛地睁开眼，看着眼前笑容可掬的哥哥，“啊！几点了。”

“八点五十七分。”雨豪看看手表。“快点起来啦！”雨豪拍拍雨桐的头，笑着走出房间。

雨桐飞快地穿好衣服，洗漱完，拿起书包就往外跑。

“你还没吃早餐。”哥哥站在雨桐的身后说。

“不吃了，我要迟到了。”雨桐没有回头，只是高扬着手向雨豪挥了挥。今天第一节是老巫婆（系主任）的课，迟到……想到那张恐怖的脸，雨桐就不由得打了个寒战。

“慢点！”雨豪看着雨桐跌跌撞撞的样子，大概雨豪从没见过雨桐这个样吧！雨桐尴尬地回头对雨豪笑笑。

雨桐在上课前的两分钟急匆匆地冲进教室。这大概也是雨桐这辈子跑得最快的一次了吧！

“雨桐，今天怎么这么晚？”砾子递了杯水给雨桐。

雨桐喝着水，大口大口地喘着气。

“没……没事，就是昨晚睡太晚了，所以早上也起来的比较晚。”砾子刚想说什么，老巫婆走了进来，她们也停止了交谈。

好不容易熬到了下课。说实话，老巫婆的课真的很烦，真的回想不起来，当初自己为什么会选择念经济学。雨桐无奈地摇摇头。

“雨桐，你……哇！Jason 好帅啊！”砾子突如其来的话让雨桐不禁翻起了白眼。

“喂！”雨桐用力地拍拍她的头，“你又犯什么花痴啊！”

“不是啦！他！他在你后面啦！好帅哦！”看着砾子的眼早已变成桃心了，可是……雨桐还是转过了头。果然，雨桐看见了满脸笑容的雨豪正向自己这边走来，手上还拿着什么东西。

班上的其他同学好像也发现了雨豪，教室里忽然变得好安静。

雨豪走到雨桐面前，爱抚地摸着雨桐的头，笑容挂满了整张脸。

“小笨蛋，肚子饿了吧！给！”雨豪把一个纸袋放在了雨桐的手里，“要记得吃哦，你有胃病的。”

“好啦！我知道了，我会吃的啦！”雨桐回了一个大大的笑容。

“好了。我要回去上课了。”雨豪抚摸着雨桐的碎发。

“哥，我晚上可能会晚点回来，我想去找他！”雨桐望着雨豪深邃的眼睛。

“嗯！那你小心点，有事给我打电话。”说完雨豪走出了教室。

雨桐转过身，看着砾子张大嘴呆愣地站在那里，“喂！还魂啦！”雨桐拿手在她眼前晃晃，终于砾子清醒了过来。雨桐才发现班上大多数人的动作都跟砾子的如出一辙！有那么夸张吗？晕啊！

“雨桐，刚才那个是Jason耶！他……你们……”砾子的手来回地指着。这时班上大多数人也都回过神来，突然，班上炸开了锅。

“雨桐，你跟Jason是？”

“雨桐，你很不够意思耶！认识Jason都不告诉我们。”

“雨桐……”

“雨桐……”

终于明白为什么人们都讨厌“马蜂”了，雨桐再也受不了了。

“安静！！”雨桐扯开嗓子。终于大家静了下来，看着同学们期盼的眼神，“嗯！你们知道Jason谢的中文名字吗？”雨桐坐回到自己座位上，揉着自己尚且还在的耳膜。

大家一致摇头。

“他叫谢雨豪，而我叫谢雨桐，这样你们该知道了吧！”雨桐无奈地摇摇头。

“那你以前为什么不告诉我？”面对砾子的质问，雨桐真的无语了，“小姐？你以前有问过我吗？难道你要我在大街上大声宣布Jason谢是我哥哥啊？那样不被别人当成是疯子了。”不理会她，雨桐打开了哥哥给她的便当。

“哇！好香，好可爱哦！”砾子看着雨桐的便当口水直流。

雨桐白了她一眼，真拿她没办法，“一起吃吧！我哥的手艺可是一流的哦！”雨桐拉了张椅子过来，示意砾子坐下来。

“真的啊！能吃到Jason谢做的菜，我死也无憾了！”看着砾子那满脸的陶醉样，说实话真的有种想把她踹到太平洋去凉快凉快的冲动。

“雨桐，真的好好吃哦！跟六星级饭店里的大厨有一比。”砾子舔舔自己的嘴唇，赞不绝口地说。

“嗯！”雨桐对她笑笑，收拾起饭盒。

“雨桐，你有Jason谢那样的哥哥真棒哦！他又有名，又帅，还会做饭给你吃，你好幸福哦！”砾子数着自己的手指说，“但是，你为什么不去音乐系啊？”转眼砾子已换上一副好奇的表情。

雨桐放慢了手中的速度。音乐，我还能吗？我还有再继续下去的勇气吗？还会有人陪我拉琴，倾听我的喜怒哀乐吗？

“雨桐。”砾子轻轻地打了雨桐一下。

雨桐回过头对砾子笑笑，她知道那个笑容一定很难看，“没事！”雨桐收拾好书包向外走去。

雨桐穿梭在城市的大街小巷中。现在已经是晚上八点了，雨桐兜兜转转了好久还是没能找到折翼的踪影。突然，一个人影吸引了雨桐的视线！是他，雨桐找了几个小时的人。可是，现在的雨桐却无法叫住折翼，所以只好跟着折翼，就这样跟着折翼走进了一间PUB，坐在离折翼有两三米处的地方。这是雨桐第一次来这种地方。雨桐看着折翼走进舞池和不同的人跳舞，累了就回到桌前，拿着酒猛灌。也许是因为折翼俊美的外表，吸引了很多的辣妹来和他搭讪。当然折翼很多都是来者不拒，雨桐竟然还看到了折翼和辣妹热吻的画面，却不得不承认真的很有美感。脸上不自觉地闪出一丝冷笑，雨桐却没有发现。这就是折翼自我流放的地方吗？突然发现这样的折翼，雨桐一点也不熟悉，也从没认识过。

雨桐不知道自己在 PUB 里待了多久。当雨桐随着折翼从 PUB 出来的时候，街上的行人也已经稀少了。这里距离市中心还有一段距离，微弱的灯光照亮了街道，灰蒙蒙的，就这样漫无目的地走着。雨桐不知道要去哪里！终点在哪里！

“跟了我这么久不累吗？出来吧！”折翼停止了动作，站在原地懒懒地说。

他，他发现了。雨桐慢慢地向他移动，却发现自己的身边不知什么时候出现了几个西装笔挺，但有点像肌肉男的大汉，不会吧！绑架啊！

只见那几个大汉在离折翼两三米的地方停了下来，恭恭敬敬的，九十度鞠躬，“少爷好，总裁请你回去。”带头的那个大汉说。折翼像没听到似的径直向前走，可是那几个大汉却挡住了折翼的去路。

“少爷，我们是一定要把你带回去的，对不起！”大汉对其他的人做了个手势，那几个人就向折翼扑了过去。现，现在是什么情况啊！雨桐怎么会被他们包围在中间啦！雨桐急忙向外跑，跑到一棵大树下歇息，才发现自己在跑的过程中把脚扭到了。等雨桐彻底让自己离开战场的时候，抬起头发现折翼早已三下五除二地把他们放倒在地了。他拍拍身上的灰尘。拿起地上的挎包，拾在肩上准备离开，刚走几步又停了下来。

“回去告诉老头，等我把这里的事情处理完了会回日本。”折翼没有回头，只是冷冷地说。

看着几个大汉离开后，雨桐才想到从地上爬起来。可是雨桐的脚麻了，又加上刚才扭到了，怎么办？

“干吗一直跟着我？”一个足以冻死人的声音从雨桐头顶传来。雨桐抬起头，发现折翼慵懒地倚靠在自己旁边的大树，长长的刘海儿在微风的轻浮下自由地跳动着，此刻的他帅气得像个天使。

“我，我，我是来……”折翼看着雨桐吞吞吐吐的样子转身离开了。

“我是来找你的……啊！”雨桐想站起来去追他，可是脚下的疼痛让她无法前进，重重地跌落在地上。什么嘛，突然发现自己的身体离开了地面，转过头去对上了一双熟悉的眼睛。雨桐才发现原来自己在折翼的怀里，听着他平稳的心跳声。雨桐突然发现呼吸有点困难。

“你不是有话对我说吗？我家就在附近，先回去看看你的脚吧！”折翼静静地说。

雨桐的心跳得飞快，这是第一次除了哥哥和旭日之外的人抱她！

“啊！你轻点啦！很疼。”雨桐愣愣地看着折翼，他到底会不会治啊！脚都快被他弄断了。

“疼是一定的，谁叫你连个走路都不会啊！”折翼淡淡地说，没有抬头，只是一直看着雨桐的脚。

“我……”雨桐的喉咙像被什么东西堵住了似的。

“试着走两步看看。”折翼站起身示意雨桐走几步。

雨桐还是半信半疑地站起来，走了几步，没想到真的不疼了。雨桐这时才开始观察折翼的房间，这是一个两室一厅的套房，不大却很整洁单调，让人觉得舒适，而且还可以看见整个城市的夜景。本还以为折翼的房间会很乱，或者说像折翼这样有钱的大少爷住的地方会很华丽，会有用人，但完全出乎她的意料。

雨桐被放在柜台的相框吸引了视线。这里有几个相框，大多都是折翼和那天在餐厅看到的那个漂亮女孩的合影，女孩笑得很开朗，那样的他们真的很相配。可是吸引雨桐视线的是那一张，一个男孩笑得像阳光般灿烂，他把一只手搭在折翼的肩上，背景是日本的樱花街。雨桐去过那里，樱花雨飘落的时候美得就像天堂。男孩脸上的笑容让雨桐明白那叫幸福，而他则是雨桐再熟悉不过的人——旭日。

“他是我的朋友。”折翼的声音让雨桐回过神来。雨桐忙放下相框，接过折翼递给她的咖啡！“我不知道你的口味！所以没放多少糖。”折翼走到窗边，望着窗外的夜景。

“我不喜欢太甜的！谢谢！你跟他很好吗？”雨桐望着折翼的后背问。

“嗯！他是唯一一个能走进我的心的人，是我最好的朋友。”折翼转过身慵懒地靠着窗户，好像想起了一些开心的往事，脸上有一抹淡定的笑容。

“有没有人对你说过，你笑起来的样子像一个天使。”雨桐望着折翼的笑脸。这种笑旭日应该经常见的吧！

“天使！”折翼换上一副拒人千里之外的表情，他喝了口杯里的咖啡，冷冷地笑，“你知道我为什么会叫折翼吗？折断了羽翼的天使就不是天使了，而是恶魔。”冰冷的语气冻结了空气，让室温一下子降了好几度。

雨桐傻愣地待在原地不知说什么是好。

“你不是有事找我吗？说吧，什么事？”终于折翼的话打破了沉默，也使雨桐长长地松了口气。

“我是来叫你回学校的。”雨桐慢慢地低下头，双手不停地交错着，“如果你那天说的是真的话，我，我答应你。”声音慢慢地变小，像是在等待宣判的犯人。

沉闷的空气依然笼罩着整间屋子，折翼望着窗外，久久地没有回应。

“你考虑清楚了吗？你要知道我不会爱你。”微弱的声音回荡在空气里，像不是折翼的一样，而是为了打破沉默才发出的。

“我知道，不过不要紧，只要你回学校，不要放弃你的音乐就好。”雨桐抬气头，望着折翼的后背说。

“为什么？”折翼忽然转过身，他们四目相望。

因为这是他生前的愿望啊！雨桐在心里叫着。

折翼又转过身，依然望着窗外，“我明天会回学校的。”声音依旧平静得可怕。

“哦！那，那我回家了。”雨桐转过身向门外走去。

“我送你吧！女孩子一个人回家不安全。”身后传来了折翼的声音。

“不用了，我可以打车回去。你去休息吧，明天还要上课！”雨桐没有转过身，而是径直走到门前，打开门向外走去。出了折翼的家，雨桐长长地松了口气，第一次感觉有清风拂过是那么棒的一件事。

“雨桐！”

还未踏进教室的门，就听见砾子的声音，自从这小妮子知道雨桐哥是Jason谢后，就整天跟在雨桐身后念长念短，当然也不止她一个人，大多数女生都跑来跟雨桐套交情，唉！受不了。

雨桐走到座位前望瞭望身后的空位，折翼还没来吗？砾子顺着雨桐的视线看过去，砾子好像看出了雨桐的想法，“他已经来了，去找教授了。”砾子解开了雨桐的疑虑。

“哦！”雨桐应了声放下包，坐了下来。

“很奇怪耶，折翼都那么久没来上课了，怎么突然会想到来上课啊！”砾子不解地嘟囔着。

雨桐回她一个笑脸，她还不知道该如何向砾子说起这件事情。

刚坐下没多久，就看见折翼走了进来。不，确切地说是走到了雨桐的身边。雨桐抬起头与折翼四目相对。

“我早上没吃东西，陪我去吃早餐吧！”说着折翼拉着雨桐的手向教室外走去。

“啊！”不用回头雨桐也知道这是砾子的尖叫声，想想班上现在的状况，大概是大多数人的嘴里都足以塞下一个鸡蛋吧！

看着折翼与自己拉在一起的手，心里的感觉怪怪的，可是究竟是什么，雨桐自己一时也说不上来。走在校园里看着同学们对他们行注目礼，雨桐下意识地想抽回自己的手，可是失败了，反而被折翼握得更紧。折翼放慢了速度，在雨桐耳边暧昧地说：“现在你是我女朋友，牵手只是最基本的。”

雨桐的耳朵痒痒的，她想她的脸这时一定红得可以煎熟一个鸡蛋。可雨桐却不知道折翼话里究竟包含着什么。

他们在校外一家茶餐厅里坐了下来。看着折翼吃早餐的优雅姿态，这大概就是大少爷的习惯吧！折翼吃了早餐，好像发现了雨桐在注视他，抬起头望着雨桐。

“你看我干吗，不吃吗？”折翼指了指放在雨桐面前的食物。

“不要了，我早上吃过了。”雨桐笑着摇摇头，低头喝了口手里的饮料，“听说你刚才去找教授了！你会转去音乐系吗？”雨桐的声音很轻。

“为什么要转，我跟教授商量好了，我会继续留下来，不过顺便学习音乐。”折翼喝了口饮料，“我刚才遇见你哥了。”

“嗯？”雨桐询问似的望向折翼。

“从今天起，每天晚上我会去你家练琴。我既然答应你不放弃音乐，就一定会做到。”说完，折翼用纸巾擦了擦嘴，站起身，“走吧！回去上课了。”

“雨桐，你老实交代，你跟折翼到底怎么回事？”刚进教室就被砾子和温温拦截了，突然感觉教室里出奇安静，好像所有的人都在等待着雨桐的回答。

看着砾子和温温恳切的眼神，要怎么说呢？男女朋友吗？毕竟他们的关系只是一场交易。

“她是我女朋友！”折翼的声音从雨桐身后传了过来，握着雨桐的手向座位走去，“我们现在在交往。”声音飘荡在空气中，可是那种冰冷的气息是雨桐的错觉吗？

这一天过得很平静，只是雨桐和折翼的关系在砾子和温温及全班同学的协助下，应该上至校长下至倒垃圾的清洁大婶都知道了吧！雨桐还能说什么呢！面对同学们异样的目光，雨桐也只能在心里对自己说习惯了就好。

雨桐一个人走在校园的林荫道上，想着最近发生的事。汽车的引擎声使雨桐回过神来，才发现一辆很炫的跑车停在了雨桐的身边。“上车。”折翼伸出头来对雨桐说。雨桐愣了几秒，还是上了折翼的车。

“你家怎么走？”折翼转过头问坐在副驾驶上的雨桐。

“哦！出校门后左转。”雨桐告诉了折翼，车里很静，他们谁都没有说话。“折翼。”

“嗯！”折翼转动着方向盘，车子转了个弯，继续平稳地行驶着。

“为什么要我做你的女朋友？我们走在一起根本不配，而且……”雨桐的声音慢慢变小。

“什么？”依然平静的声音，折翼没有回过头，只是转动着手里的方向盘。

“而且我们并不相爱。”雨桐还是问出心中一直矛盾的问题，“能告诉我原因吗？我想知道。”车子缓缓地停了下来，雨桐抬起头，才发现原来在自己的指导下，已经到了家门前。只是他们谁都没有下车。

“因为在你的眼中我找不到爱慕，你不像别的女人那样叽叽喳喳乱叫，能让我清静点。更重要的是如果带一个女友能让我身边苍蝇少点的话，我不介意。作为回报，我也答应了你的条件不是吗？”折翼转过头盯着雨桐，却看不出一丝其他表情。

“嗯！也对。”雨桐慌忙下了车，连自己也搞不清楚为什么听了折翼的话后自己的心情会那么沉重。是啊！折翼说得对，他们之间只是利益关系，如果没有旭日，他们应该还是陌生人吧！

“我们进去吧！哥肯定都在等我们了。”雨桐转过头，笑着对折翼说。

看着哥哥和折翼那么认真地讨论着音乐，第一次发觉，原来折翼对音乐是那么执着。认真起来，折翼就像旭日说的，那样的他最真实，让人不觉想要靠近。随着时钟的转动，他们已经沟通了两三个小时了，天色也渐渐地暗下去。

“来了！”雨桐从厨房走出来，端了两碗蛋花放在钢琴旁，“你们已经说了很久了，先歇一会儿吧！尝尝我的手艺。”雨桐笑着对眼前的两位说。

“也好！”哥哥顺手端了碗蛋花开始品尝起来。

“你也吃啊！”雨桐把另一碗蛋花放在折翼手里。折翼看着手中的蛋花愣了几秒。

“尝尝，味道不错，雨桐会做的也就那么几样而已。”哥哥对折翼淡笑着说。

折翼小心翼翼地尝了口。“怎么样？”雨桐迫不及待地问。

“还好。”良久折翼才给了雨桐一个含糊的答案。看着哥哥和折翼有说有笑地吃着，就好像时光又回到了两年前，那时候，旭日也是这样和哥哥讨论着音乐，吃着雨桐做的蛋花，幸福得让人嫉妒。旭日说雨桐的蛋花是世界上最好吃的。旭日会在夕阳西下的时候陪雨桐到附近的小公园坐坐，散散步；会在钢琴弹到一半的时候，给雨桐一个灿烂的微笑；会在吃过饭后，陪雨桐一起窝在沙发里看电视。

“雨桐，雨桐……”雨豪轻轻地唤着身旁的妹妹，她已经出神很久了。

“啊！你们吃完啦！”雨桐回过神来。

“你？没事吧？”哥哥温柔的话语飘荡在空气里。从雨豪的眼神中，雨桐看到了担忧。

“没，没事。”雨桐回了雨豪一个淡淡的笑容，拿着空碗急忙向厨房走去，突然发现那种幸福已经离自己好远了，就好像那是几世纪前发生的事。她是不是对上帝要求的太多了，所以自己的幸福那么短暂。

“雨桐，你还好吧！”哥哥走到雨桐身边轻轻地问。

“嗯，你怎么进来了，不用给折翼指导啊！”雨桐笑着低下头，雨桐知道在哥哥面前无法把自己伪装起来。

“已经很晚了，他已经回去了。又在想旭日啦！”依然温和的声音，却让雨桐的鼻子酸酸的。

“哥，对不起，我又让你担心了。”雨桐转过身紧紧地抱住哥哥，把脸埋在他的胸膛里，雨桐不想让雨豪看见自己那不争气的眼泪，不想再让哥哥为她担心了。

第四章　沧源

突然发现我找不到自己的路，下去是守望还是……

夜幕已经降临，看着窗外的万家灯火，折翼喝了口手里的咖啡，甩甩头，让那幅出现在自己脑海里的画面再次消失。他怎么了，为什么老是想起站在自己身旁专心听他弹琴的雨桐？她的脸上有着淡定的微笑，像是在聆听，又像是看着某处出神。可是雨桐眼里的幸福和忧伤也通通展现了出来，那样的雨桐是折翼从不曾认识的。是什么事情让她看起来如此幸福忧伤？折翼放下咖啡再次甩甩头赶走心底那种奇怪的感觉，向浴室走去。

今早起床比较晚，所以只好坐哥哥的车来上学。可是没想到又惹来一阵骚动，雨桐只好匆匆下车向教室跑去。

"雨桐，刚才你哥送你来的？"砾子笑眯眯地问。

"嗯。"雨桐向砾子点点头，准备把课本拿出来，却发现原来手中还拿着东西，看着后座趴在课桌上的身影。折翼好像睡得很沉的样子，要叫他吗？雨桐犹豫着，却发现自己无意中撞到了折翼课桌。折翼缓缓地抬起头，睁着蒙眬的双眼望着雨桐。

"这是哥让我拿给你的早餐。"雨桐结结巴巴地说完，把早餐放在折翼的课桌上就匆匆转过身去。

“哦，谢谢！”折翼打开饭盒，里面的早餐漂亮到让他不知如何动手，嘴角轻轻地向上扬了一下，“你做的吗？”身后的声音轻轻的，却少了以往的冰冷。

“不是啦！我怕我做的早餐你吃不下去。”雨桐回过头声音越来越低，最后羞愧地低下头。可是在低下头的一刹那，雨桐好像看见了折翼的笑容，很淡，没有讥笑，没有嘲讽，只是微微地扯动了嘴角。

“晚上，陪我去一个地方。”折翼舔舔嘴像是在回味。

“啊？可是你晚上要练琴。”雨桐不解地望着他。

“我会跟你哥说的。”折翼抚了抚雨桐耳边的碎发。

雨桐回过头看见砾子脸上的笑容，雨桐知道砾子在为她高兴。可是，如果砾子知道……雨桐转过身紧紧地抱住砾子。

“雨桐，你怎么了？”砾子被雨桐突如其来的动作吓了一跳。

“没有，就是想抱抱你。”上帝啊！我感谢你，把这么好的朋友留在我身边。

“坏丫头。”砾子笑笑地拍拍雨桐的头。

晚上，雨桐被折翼带到了一个喧闹的酒吧里。雨桐还记得这个酒吧的名字叫FORGET。雨桐就这样被折翼拉着在人群里穿梭着，一路上也惹来了不少人的口哨声，终于他们在一处比较安静的地方停了下来。雨桐才发现眼前有一张长桌，长桌四周是舒适的沙发，旁边有几盆盆景，挡住了外面人的视线，但在这里可以看见整个酒吧。沙发里窝着三男两女，都是各有各的特色。

“来啦！”一位头发有点金黄色的帅哥发现了他们，对折翼笑着让出了座位，“坐吧！这位是？”Jame盯着折翼旁边的女孩好奇地问。

“我女朋友，谢雨桐。”接着折翼转过头对雨桐说，“他是Jame，我的朋友是今晚的寿星，那些人都是他的朋友。”

“你们好！”雨桐微笑地向那个叫Jame的男子点点头。Jame回雨桐一个微笑。Jame和折翼一样有着俊朗的外表。

“我还以为你会带纪香来。”Jame拿起桌上的啤酒喝了口，对坐在身旁的折翼说。

“她在日本，生日快乐小子。”折翼拿起桌上的啤酒与Jame的酒瓶碰了一下。

“就这样啊！礼物呢？”Jame不满地向折翼伸出手。

“没买。”折翼转过头问坐在旁边的雨桐，“你要不要喝点东西？”说着折翼要服务员给雨桐拿杯橙汁。

“没关系，上去唱歌给我庆祝庆祝就行了。”Jame皮皮地笑着。

“不要。”折翼白了Jame一眼。

“去啦！别忘了，今天我可是寿星耶！我最大啦。”Jame用肩膀靠了靠折翼，示意他上去。

“好啦！”折翼拿他没办法，起身向吧台旁边那个华丽的舞台走去。

这是雨桐第一次看见站在舞台上的折翼，不得不承认折翼是个天生的艺术家，那个舞台是属于他的，他可以在上面发光发亮。雨桐一直以为折翼只会弹钢琴，却不曾想原来他唱起歌来也是那么迷人。酒吧里变得安静起来，大家都放低了声音静静地聆听着。折翼的声音很轻，像微风吹遍酒吧的每一个角落。他唱的是一首日文歌。不管是他的钢琴还是他的歌声，为何总觉有一丝淡淡的哀伤。

“我们是不是在哪里见过？”Jame的话拉回了雨桐的视线。

雨桐疑惑地望着Jame，努力地回想着，“没有吧！我想是你记错了。”在雨桐在脑海中把自己所认识的人都过滤了一遍后，很认真地对Jame说。

“嗯，也许吧！可是我总觉得你很面熟。”Jame摇摇头，喝了口手里的啤酒，“你是怎么搞定折翼那小子的？”Jame望着舞台上的折翼好奇地问。

“啊！”雨桐疑惑地盯着Jame，才发现自己今天总爱发愣。

Jame看着雨桐，脸上的笑容又扩大了些，“你知道吗？你是除了纪香之外，他第一个带到我们面前来的女孩子。你别看折翼平时一副很冷漠、我行我素、拒人于千里之外的样子，其实他比任何人都在乎，害怕失去，总有一天你会明白的，好好照顾他。”Jame拍拍雨桐的肩膀。雨桐抬起头望着台上那个认真的身影。究竟发生了什么事情让你如此感伤？回过神才发现折翼已经结束表演了。雨桐随着其他的人一起为折翼的精彩演出表示感谢。

折翼刚下来，就响起了轻柔的音乐，很多情侣也相继步入了舞池，Jame他们也一样。长长的沙发里也就坐着雨桐和折翼两人而已。

“没想到你唱起歌来那么好听！”雨桐笑着望向折翼。

“走吧！我们也去跳舞。”说着折翼拉着雨桐的手步入了舞池。

他们就这样在舞池中旋转着，谁也没有说话。这是雨桐和折翼第二次靠得如此近，近到可以听到他平稳的心跳声，可以闻到他身上淡淡的古龙水味道，就好像步入了仙境，拥有着美丽的童话故事，只是眼前的折翼并不是雨桐的王子。

从酒吧出来，雨桐和折翼走在回家的路上。今晚没有星星，只有路边那微弱的亮光。微风突起，吹乱了额间的碎发，也吹起了雨桐的裙摆，空气中弥漫着潮湿的味道。好像快要下雨的样子，黄叶缓缓飘落，雨桐不禁打了个寒战，一件宽松的外套披在了雨桐的身上，她转过头望着身旁这个高出自己一个头的人。

“别用那样的眼神看我，我只是不想去医院看你。”折翼做出一脸无奈的样子，可是从他的眼中，雨桐还是看到了那一点点的关心。折翼一直把雨桐送到了家门口。“谢谢你今天陪我！进去吧！”折翼依然是那淡淡的语气。

“嗯！”雨桐把外套脱下来放在了折翼的手里，“明天下课后不用等我，你自己来就行了。晚安！”雨桐转身向门口走去。

“谢雨桐。”折翼的声音让雨桐再次回转过头，才发现折翼已走到了自己身边，在雨桐还没来得及反应过来的时候，折翼已在雨桐唇上轻啄了一下，“晚安！”说完，折翼微笑着转身离开。

雨桐一直站在那里，愣了好久，待雨桐回过神来时，折翼的身影早已消失在了夜幕中。他刚才，刚才吻了我吗？雨桐用手指轻轻地碰触着刚才被折翼亲吻的地方，为什么要吻我呢？雨桐甩甩头向家里走去。

早上上课一直没什么精神，是因为那个吻吗？雨桐抚摸着嘴唇，甩甩头挥开那些自动装满脑袋的画面。

起身收拾着自己的东西。“雨桐，走了啦！”温温拉着雨桐的手向外走去。

就这样雨桐不知和砾子、温温到底在街上转了多久，直到雨桐的双腿麻木得再也不能向前移动一步。雨桐坐在街边的座椅上，忍不住好奇地问砾子：“我们这样在街上乱转，到底要买什么啊？”

砾子像看怪物似的盯着雨桐，然后把手放在雨桐的额头上，“没发烧啊！”雨桐打掉砾子的玉手。

“什么？”雨桐疑惑地看着砾子和温温。

“不是说好了，你们要陪我给我哥挑生日礼物嘛。”温温故作生气地说。

“买礼物找礼品店就好啦！我们在街上瞎转什么啊？”雨桐问身边的砾子。

“因为我要买肖邦的那张《LAST》啊！可是好像是绝版的耶！怎么办！”温温小声地低下了头。

他的那个哥哥，是温温喜欢的人吧！什么事都可以忘记的温温，永远都记得他哥哥的最爱。

“走！”雨桐拉着温温的手往家的方向跑去！

“雨桐，你干吗！”温温上气不接下气地问，砾子也是一脸疑惑的表情。

“我家好像有一张《LAST》。”雨桐回头对她们说。

雨桐和温温她们一起走在回家的路上。

“雨桐，你家好大啊！”砾子夸张的动作让雨桐不知该说些什么，“进去吧！”穿过花园，熟悉的钢琴声弥漫了整间屋子。

“雨桐，你哥在家啊！”温温好奇地问。

“嗯，他这几天在家。”雨桐点着头。

琴声戛然而止。“回来了？怎么这么晚！”抬起头才发现折翼已站在门前对雨桐微笑。

“啊！”砾子下意识地捂着自己的嘴。

“进去坐吧！”雨桐拉着温温她们的手说。

折翼走在大家后面，什么也没有说。“想喝点什么？”雨桐问坐在沙发上的砾子和温温。

“随便啦！”温温说着。砾子转动着眼珠子，上下打量着这里的一切，尤其是看见折翼后，好奇的眼神更是明显的不能在明显了。

“我去吧！”折翼起身准备去帮温温她们拿饮料。

“翼，你练琴吧！我来就好！”雨桐起身向厨房走去。

雨桐煮着咖啡，熟悉的琴声依然回荡在空气里。“雨桐，你怎么没有告诉我们折翼在你家啊！害我刚才见到他时那么丢脸。”砾子没好气的声音从雨桐的背后传来。

“你怎么进来了啊！对不起嘛！忙着拉你们回来，就把他在的事情忘了。”雨桐边倒着手里的咖啡边回砾子的话，“你要多少糖？”

“一般般就行了！你最好老实给我交代清楚。”砾子帮雨桐端着咖啡说。雨桐摇着头出去，知道今天要是不能满足这个好奇心十足的丫头的欲望可能是不行的。

“咖啡，原汁原味的，你最喜欢的那种。”雨桐把咖啡放在折翼的面前，“趁热喝。”

“谢谢。”折翼端起咖啡喝了口。

“你练琴吧！我带温温她们去我的房间！”雨桐站在折翼的身后说。

“嗯！”折翼的声音很轻。

琴声依旧，雨桐把温温她们拉到了自己房间里。一关上门，砾子和温温就不怀好意地看着雨桐，“你们？”看着两个不怀好意的眼神，雨桐不禁吞了口唾沫。

“雨桐，你老实交代哦！你跟折翼？你到底有多少事瞒着我们？”温温笑着问雨桐，可是那种坏坏的笑令人毛骨悚然。

“我，就是你们看见的那样啊！我们是男女朋友嘛！”雨桐结结巴巴地回答着，怎么砾子她们脸上的笑越来越吓人了啊。

“是吗？那他怎么会在你家？”砾子好奇地问。

“就是，他要练琴啊！而且我哥在指导他嘛！”雨桐慢慢地说着。

“就这样，那你们发展到哪一步了嘛？有没有？”砾子不怀好意地问。

“没有啦！什么也没有，你们的想象力可不可以不要那么丰富嘛！”雨桐没好气地看着眼前的这两个家伙，“好啦！我要去帮温温找东西啦！”

好不容易找了个借口，再不逃恐怕连命都没有了。雨桐翻着哥哥送给她的东西。

“雨桐，这是你以前的照片吗？你以前是长发啊！”砾子拿起雨桐放在柜台上的照片问。

“嗯，我以前是长发！”雨桐含糊地回答着砾子的问题。

“那，他是谁？我好像在哪里见过他？”温温拿着另外一幅照片问雨桐。

“他？”雨桐看着温温手里的照片，那是秋天的公园，晚霞惹红了半边天，枫叶已经泛黄，微风吹落了黄叶，也吹起了雨桐的长发，她和男孩一起并肩坐在长长的座椅上，聆听着风的声音。

“哦！我记起来了，我以前在电视里面见过他，他好像叫旭日，是个弹钢琴的，只是好久没在电视里面看过他了。”砾子像是记起了什么似的开心地说，“可能他已经退出音乐圈了！雨桐，你好棒哦，可以和好多音乐人认识。”砾子羡慕地说。

雨桐不知道该怎么告诉她们自己和旭日的关系，看着照片上依旧熟悉的笑脸，心里的某处空空的。

“雨桐，雨桐……”砾子的叫声使雨桐回过神来。雨桐对她们笑笑，继续找着东西。

“温温，你看看是不是这个。”雨桐把翻出来的唱片放在温温的面前。

“嗯，就是这个，我找了好久，雨桐谢谢你！”温温走过来抱着雨桐，在雨桐的脸颊轻吻了一下。

“好了啦！很肉麻啦！”雨桐笑着拍着温温的肩。

第五章 原点

我走了好远，突然发现，我一直没有遗忘你，转了好久才知道自己只是一度回到了原点……

Jame 来找折翼的时候，他还在那里安静地弹着钢琴。现在的折翼跟雨桐刚认识的时候有点不一样了，他不再是整天冰着脸，虽然他还是那个不善于交谈的人，只是不再把别人的好拒之千里之外了。虽然他还是习惯于沉默与孤独。也许在别人眼里他们是非常要好的一对，可是只有他们自己知道他们的关系到底是什么，或许连雨桐都从来没有弄明白过。

“雨桐，明天可不可以陪我去一个地方？”琴声戛然而止，折翼停下了手中的动作，转过身问站在窗边的雨桐。

“嗯，好啊！”雨桐转过身对折翼笑笑，随即又望着窗外。

是深秋了。屋外的树叶已经黄了，微风拂过，黄叶如蝴蝶般翩翩起舞，满天满地地飞舞着。

看着手中的邀请函，“旭日的钢琴纪念”，雨桐该去吗？

眼神依旧飘向窗外，雨桐却不知道自己的心应该何去何从。

她已经望着窗外出神好久了！到底在看什么呢？窗外有什

么景色吸引了她。望着雨桐单薄的背影，折翼没有发现自己的琴声已经越来越淡，轻柔地慢慢流淌，不再是以往的震撼与悲伤。只是他们都太出神，没有发现那么小小的一点变化。

好想，好想知道是什么东西让她那么忘怀，那么吸引，忽略掉心底的那一点点不安！折翼的眼神再次回到了钢琴上，只是好像再怎么努力都用不起心来了。

凉风冷飕飕的，把雨桐的身影变得更单薄了。一件宽大的外套披在了雨桐的肩上，让雨桐下意识地回过头来，对上的是一双深邃的眼眸，折翼下意识地移开了眼光。“起风了，多穿件衣服，小心着凉。”折翼望着窗外说。

“谢谢！”雨桐转过身依然望着窗外。

“明天我来接你。”折翼也随即望向窗外。

不知道在窗前站了多久，他们各怀着心事。直到太阳缓缓地落下，夕阳染红了半边天，凉风依然吹着，吹起了折翼的衣角，也吹起了雨桐的碎发。

直到天色渐渐地暗了。

“我，我回家了，明天来接你，拜拜。”折翼回过头来看着雨桐的侧脸说。

“嗯，拜拜！明天见。”雨桐回过头对折翼微笑。

折翼来接雨桐的时候，还很早，早到雨桐还想再赖一会儿床。

“怎么这么早？”雨桐好不容易爬起来，洗漱完毕，问正坐在沙发里看报纸的折翼。

“也没什么，只是要先带你去一个地方，出去吃早餐吧！”折翼放下手中的报纸，起身向外走去。

“哦，好啊！”雨桐也跟了出去。

“今天有什么重要的事吗？”雨桐好奇地问坐在驾驶席上的折翼。

“也没什么，只是想让你陪我去见一个人。”折翼不经意地说着。

“哦！”雨桐轻轻地点了下头。

折翼把车停在了一家商店前。雨桐知道这是一家国际知名品牌的服装店，它里面还有专门为人做形象设计的技师。哥以前也带她来过，只是雨桐不喜欢奢华。因为旭日喜欢自然平淡的雨桐。

“进去吧！”折翼拉着雨桐的手，在柜台处停了下来。很快经理走了过来，把雨桐带进了贵宾室里。

折翼百无聊赖地翻着手中的报纸，突然像想起什么似的，起身向贵宾室走去。

贵宾室里，雨桐正被美发师按坐在转椅上，她知道他们这些都是很出名的技师，可是被别人这样摆弄着，雨桐真的很不习惯、不喜欢这样，可是恬静的雨桐又不忍起身离开。

贵宾室的门开了，折翼越过正在旁边忙着的服务员们，走到雨桐身边，拉起雨桐的手并向美容师表示歉意后向外走去。

雨桐也任由折翼拉着自己走出了这个她早就想离开的地方。

引擎的发动声，夹带着车里那柔和的音乐，让雨桐的心情也缓和了下来。

音乐很柔，没有人说话，两人都静静地听着。“对不起。”折翼透过后视镜看着一直没说话的雨桐。他知道自己在没有问过雨桐的意思后就随随便便地做决定是自己不对……可是，他已经及时改变主意了啊，她还在生气吗？

“可以告诉我为什么吗？”雨桐望着窗外，深秋了，这个季节是旭日最喜欢的。

“嗯？”雨桐的声音太低，折翼没有听清楚。

“我是说，为什么要带我去那个地方打扮，有什么事吗？”雨桐回过头轻轻地问身旁的折翼。

“想带你去见一个人，一个我不喜欢却必须要见的人。”折翼转动着手中的方向盘。

雨桐还想问点什么，车子已经缓缓地停了下来。折翼走下了车，并给雨桐打开了车门。“谢谢！”雨桐看向他，给了折翼一个浅笑。

这是一间五星级的饭店，厅堂装饰得豪华、漂亮。各种不同种类的盆栽摆放成不同样式，给人别致的感觉。一处一景，就像走进了不同的地方，拥有着属于自己的温馨天堂一样。真是佩服这家老板的思维，能把不同国家不同地区的风景都组合到一起来。

一个服务员发现了他们，走过来询问他们的需求。随即又走来一个相貌端正、西装笔挺的人，他向服务员招手，示意服务员下去，紧接着很恭敬地对折翼鞠躬，“少爷，这边请！”

雨桐就这样跟在折翼身后，“我们要去见谁啊？”雨桐好奇地问。

“我爸！”说着折翼已经抓起了雨桐的手。在雨桐还没来得及回过神时，雨桐已经被折翼拉到了他父亲的面前。

这是一处拥有着夏威夷般风景的地方。虽然已是深秋，但是阳光透过窗照射进来，面对着窗外的海滩，还真有一种就像坐在夏威夷的海滩上晒太阳的感觉。

“请坐！”一位慈祥的中年男人很客气地对雨桐做了个请

的姿势。

“谢谢！”雨桐和折翼顺势坐在了对面的沙发上。

“请问想喝点什么？”一位服务员走过来问。

“两杯咖啡。”折翼说着，雨桐随即给了服务员一个微笑，“谢谢！”

“我是折翼的父亲，请问你是？”中年男子微笑着问雨桐。

父亲，雨桐抬起头对上的是一脸的慈祥，才发现他的眼神和某个时候的折翼好像，应该是折翼笑起来的时候吧！

“哦，伯父，我是……”雨桐刚想开口说点什么。

“她是我女朋友，谢雨桐。”折翼抢先给了一个回答。雨桐只能附和着笑笑。

“哥，这么久你怎么都没给我电话啊？”一个熟悉的声音从雨桐的耳后传来，回过头，才发现折翼正被一个非常漂亮的女孩子搂着肩。雨桐端起桌上的咖啡喝了口。是她！那个漂亮的妹妹。

“好了啦，纪香你先放开我好不好，我快喘不过气了。”折翼宠溺似的话语久久地回荡在雨桐耳边，原来折翼也会那样，早就知道了不是吗？咖啡苦苦的。

随即纪香坐到了折翼的父亲身边。“对了，我来介绍，这是我的女儿，唐本纪香。”

雨桐给了纪香一个微笑，“伯父，其实我们以前见过的。”

“是吗？纪香，这是你哥的女友，雨桐是吧！”伯父小心地介绍着。

“哦！你好！”纪香随意地向雨桐问候。

“说吧，叫我来是想怎样？”折翼突然问话，打断了每个人脸上的笑容。

“难道我们之间就不能像普通的父子那样说话吗？折翼，要怎样才能改变你对我的态度？”伯父的脸色一下子苍白了好多，可是他还是认真问着折翼。

“不会，永远都不会，你是知道的不是吗？”折翼说着，拉起雨桐的手，起身准备向外走去。

“哥……”纪香望着折翼的背影。

“你给我站住！”伯父的声音从身后传来。

折翼站在原地却没有回头，“我已经不是以前的那个折翼了。我以后要怎样都跟你没有一点关系，很久之前你就应该会想到会有今天了，不是吗？”折翼拉着雨桐径直走了。在回头的一刹那，雨桐看见了伯父苍白的脸，眼神里有掩饰不住的哀伤，让他一下子看起来老了好多。他的手按住心脏处，像是在拼命地掩饰着什么，纪香焦急地拍着他的背。

坐在车上，雨桐好像又看见了那个冷漠的翼，那个会把自己藏起来，对外界选择漠视的折翼，那样的他让人退避三舍，总是让人喘不过气。究竟在你的世界里发生过什么样的事呢？

“你刚不应该对伯父那样的，他只是……”雨桐试着平息折翼心里的怒火。

“你懂什么？不知道就不要随随便便插手别人的事。”折翼冷冷地对雨桐说，脸上看不出任何表情。

“我……”雨桐看着折翼，哽在喉咙的话硬被自己吞了回去。

是啊，我是他什么人，我有什么资格呢？才发现自己没有任何资格插手别人的事。

久久地，空气仿佛凝固了。音乐依然很静，他们谁都没有说话，雨桐依旧习惯性地望着窗外，熟悉的街景，突然好想去那个有旭日的公园。

“麻烦你在前面的路口停车。”声音很低，雨桐不知道折翼有没有听见，可是车还是缓缓地停了下来。

“对不起！”在雨桐打开车门即将下车的时候，微弱的声音让雨桐以为那只是自己的幻觉。雨桐没有迟疑，还是缓缓地下了车。

依旧熟悉的街景，依旧是深秋，为什么雨桐却再也看不到旭日了。寒风吹起了雨桐的碎发和裙摆……

这个公园不大，行人也不多，但这里宁静美丽，就像仙境一样。这里是以前雨桐和旭日常来的地方，他们同时喜欢上它的宁静，它的美，甚至雨桐也是在这里认识了生命中最重要的人。

那时雨桐四岁，旭日六岁，小小的雨桐还是习惯到公园里来看枫叶。雨桐记得那时一棵很高的枫树枝上挂着一个很漂亮的风筝，雨桐想爬上去，把它拿下来，于是就自顾自地动起手来，抱着树干向上爬，可是才爬了不到两米的地方，就感觉很吃力了。

“你是笨蛋吗？那样会摔死你，你知道吗？”一个焦急的声音传入雨桐的耳里，雨桐转动着小脑袋，眼珠不停地转动着，四处寻望，就在离树脚不远的地方，望见了一个同自己差不多大小，不，确切地说是比雨桐大不了多少的小毛头，可是自己认识他吗？雨桐奇怪地想着。

“快点给我下来！”没有半点回旋的语气，把雨桐吓了一跳，随即她的小手也离开了树干，整个人像小鸟一样飞落到大地母亲的怀抱里。这次死定了，雨桐这样想着，紧闭着双眼，等待着疼痛的到来。

奇怪的是，并没有想象中的疼痛，而是感觉一个软绵绵的东西接住了她，以至于不让自己摔个半死。

“喂！你快点起来啦！我快喘不过气了。”身下传来一个微弱的声音，雨桐慌忙站起身来，才发现刚才那个站在树下的男孩被她压在身下。

“你很重耶！压死我啦！”小男孩嘛着嘴说。

雨桐小心翼翼地走到男孩身边，“你没事吧？谁叫你好死不死地站在我摔下来的地方啊！”真笨，都不知道让开一下。

“我，我是看你小，怕把你摔死，才过来看看的，你以为我吃饱了没事干来当人肉垫子啊，我又不是笨蛋。”小男孩揉着自己的肚子说，真是要命，要不是看她那样子，怕看到女孩子哭，他才不会没事跑过来当人肉垫呢。

雨桐看着旭日的动作，罪恶感突起，“对不起啦！我，我只是想拿风筝啊！”她小心翼翼地说着，看着小男孩那像在生气的脸时，突然声音越来越小，那样的他令她害怕，虽然他什么都没有说，可是没有表情的脸，让雨桐想让他笑起来。

“拿风筝也不应该这样啊！你以为你是神啊，这么高，我帮你拿！”小小的旭日好像就拥有了男子的气概，自告奋勇地跑到树下，准备爬树了。他的手臂也不长，连树干的一半也抱不到，可是，他还是拼命地向上爬着。雨桐站在树下，看着旭日吃力的样子，她的双手紧紧地握着，心脏也随着旭日每一个向上的动作而急速地跳动着。突然旭日的脚下一滑，整个身子也随即向下滑了一下，还好他的手及时抱紧了树干，才使整个人没有掉下来，可是却吓坏了树下的雨桐，她的眼角湿润了起来。“你下来啊，我不要风筝了，你快点下来啊。”雨桐焦急地哭出了声，她讨厌这样的自己，她让别人受伤了。

雨桐蹲在地上哭了起来。

“你看我拿到风筝了，你别哭了嘛！”旭日手舞足蹈地比画着，他最怕的就是女孩子哭了。

雨桐听到他的声音，抬起头，慌乱地站起身来，四处打量着旭日，“你受伤了吗？我们去医院！哥哥说受伤了就要去医院的。”

看着雨桐焦急的样子，旭日扑哧一声笑出声来，“我没事啦，你看我不是好好地站在这里吗？”他忍着刚才手臂被划伤的刺痛，在雨桐面前强忍着开心地笑着，牵起雨桐的手，“走，我们去放风筝吧！”雨桐高兴地跟着一起去了。

“我是谢雨桐，你叫什么名字？”雨桐问起身旁的他。

“旭日。”

“那我们可以做朋友了哦！以后我们都来这个公园玩好不好。”

那日天气很好，雨桐遇见了她这一生中最重要的人，也许从旭日牵起雨桐手的那一刻就注定了，像命运，更像缘分的安排……认识旭日，雨桐的世界变了，以后注定不会再孤单，因为旭日永远都会在雨桐的身边，虽然雨桐从不知道在旭日的世界里，属于自己的那个位子究竟是什么。

折翼不知道自己在这里站了多久，他望着雨桐单薄的身影。她在看什么？这个公园不大，可是却很宁静。雨桐下车后，折翼开着车离开了，他想找一个能使自己平静下来的地方。可是想到那张干净清澈的脸，心里就有着某种奇怪的感觉，放不下。想到自己冰冷的语气，折翼就恨不得打自己一巴掌，伤到她了吗？可是那样的情绪，他也不想的啊！在心中挣扎，折翼还是掉转了车头。可是见到雨桐，他的脚步迟疑了，就这么几步，折翼却不知道该怎么走过去。

其实现在想起来，那棵树不高，不，确切地说，那个风筝挂着的地方一点也不高。雨桐还记得那个树杈，在他们长大后，旭日只要轻松地跳一下就可以抓住那粗壮的树干。这个公园充满了旭日的味道，每一个地方都有自己和旭日的回忆。

两年前的这个时候，在夕阳穿过树缝照射下来的时候，旭日躺在座椅上问："雨桐，你知道枫叶从你身边飞落时，我看见了什么吗？"

雨桐好奇地转过身，硬要旭日给自己答案，旭日宠溺似的摸着雨桐的头，把雨桐拥在他的怀里，"等音乐会结束，我就告诉你答案好吗？"接着旭日在雨桐的额头印下一吻。雨桐也喜欢这样靠在他的怀里透过树缝看夕阳，有种零星的美。

可是那个答案，是不是她永远也不会知道了，雨桐闭上眼，艰难地仰望着头不让眼里的液体滑下，寒秋的风好凉。

为什么她的身影越来越单薄？折翼可以明显地看到雨桐的身子颤抖了一下，她想到了什么？什么事情让雨桐突然变得那么哀伤？

折翼没有迟疑，向雨桐的方向走去，他不要看见这样的她，那个带点淡淡忧伤的雨桐。雨桐应该是快乐的，不是吗？显然雨桐没有感觉到有人来到的脚步声，她想得太入神了。

折翼来到雨桐身边，从身后紧紧地拥着她。

突然的温暖让雨桐不知所措，熟悉的气息让雨桐不知道如何是好。正当她要说什么的时候，"就这样吧！让我抱一下，一下下就好。"折翼温和的声音从耳后传来。

这样温和的折翼是雨桐很少见到的，该让他放开吗？突然，雨桐发现自己不知道该如何开口。

就这样吧！折翼在心里说着，他不喜欢雨桐忧伤的样子。折翼也不知道自己到底是怎么了，只是想把雨桐拥在怀里，好像这样就可以填满他心底的那一点点失落，那一点点嫉妒，是嫉妒吗？折翼不知道，他只知道雨桐出神想着什么的时候，他想不顾一切地把她拉回来，折翼不喜欢雨桐那空洞的眼神，就好像雨桐不是应该留在这里的人一样，像一个只要轻轻一碰就会破碎的玻璃娃娃。也许是自己想多了吧！折翼第一次知道原来满足就只是这么简单！

第六章　守望幸福

如果不是承诺，是不是我就不会认识你，如果不认识你，是不是我的世界就不会乱，你也可以过你自己的生活，可是如果还是如果，对于那些我只能说声抱歉，可是，为何我还是这样心痛……

“哥，你今天可不可以陪陪我？”纪香望着正盯着窗外的折翼的背影问。

折翼转过身宠溺对她笑笑，“好啊！你想去哪里玩？”看着纪香的玉颜，从小到大，他习惯了宠她，把自己难得的温柔分给她，对纪香他从不说不的。

“我对这个城市不熟悉，你就带我随便看看吧！”纪香盯着折翼的脸露出甜甜的笑颜。

“好啊！走吧！”折翼宠溺似的摸着纪香的头，“你先下去，我去拿车。”折翼带着纪香在这个熟悉而又陌生的城市里转着。折翼带纪香去坐了她最喜欢的过山车，去逛了这里最有趣的海洋公园，陪纪香吃了她最喜欢吃的东西，买了她最喜欢的礼物，看到纪香脸上开心的笑容，折翼的心里暖暖的。

“哥，我们出去走走吧！”吃过午饭纪香拉着折翼的手说。

“嗯”他们就那样漫无目的地在街上走着。

“哥，前面好像有个公园，我们进去坐坐吧！”纪香拉着折翼的手摇晃着。

“嗯，好吧！”折翼想也不想，径直向公园走去，这个公园是他那天和雨桐一起来的，这个公园不大却很漂亮，折翼可以隐约地感觉到雨桐很喜欢这里。折翼的双手插在裤兜里，背倚靠着一棵老树，脑海里不时闪过那张清秀的笑颜，回想着有她的点点滴滴，折翼的嘴角不自觉地扯出一丝笑意。

“哥，你有听我说话吗？”纪香望着身边发愣的哥哥，这样的他，她好像不认识，他在想什么想得那么入神，纪香没有漏掉折翼嘴角的那抹笑意。

“嗯，什么？”折翼回过神来看着身边的妹妹。

“我是说，我想转到你们学校去念书，好不好？”纪香撒娇似的摇晃着折翼的衣角。

“那样你会开心吗？”折翼盯着纪香纯净的眼眸，“这里没有你喜欢的樱花，你也不会过着以往大小姐的生活，你从来都没有离开过那里，不是吗？”折翼盯着她，想从她的眼里找到答案，可是清澈的眼眸里什么也没有。

纪香扯动着嘴唇。“我就是想留下来嘛！”因为这里有你啊！她的眼神飘向远方，把后面那句藏在了心底。就这样陪着他吧！陪着这个不苟言笑的哥哥。纪香喜欢折翼宠着自己，那是别人都无法得到的东西，不是吗？

“你要不要去见见Jame，他大概是你在这个城市唯一熟识的人了，要是他知道你来了，一定会很开心。”折翼拉着纪香的手说。

“嗯，那好吧！”纪香点点头，Jame，她小时候的玩伴，她还怀恋那童年的时光。樱花开满街头的时候，纪香喜欢拉着折翼和Jamc的手在黄昏的街头看樱花雨，纪香喜欢樱花飘落时的烂漫。纪香总是喜欢在那里快乐地笑着，有时候还会情不自禁地跳起舞来。纪香记得那个时候Jame总会满脸微笑地站在一旁，静静地欣赏着，或者说Jame会和她一起从街头打到街尾。可纪香也总能在每一个不经意间看到折翼慵懒地倚靠在一棵樱树下，眼神不自觉地飘向远方，不知在看些什么，但折翼的脸上找不到一丝其他的表情，什么也没有。那样的折翼帅气得像一个不容接近的王子。可是那样冷漠的他，纪香不喜欢，虽然从纪香踏进家门的那一天，她就知道折翼是一个冷漠的人，可是纪香还是想用很多不同的方式让折翼笑一下，能引起他的注意力，哪怕只有一点点也没关系。

午后的法式餐厅里稀疏地坐着几个人，大家各自闲聊着什么，在靠窗的一边，三个青年正开心地聊着什么，脸上都荡开了开心的笑容。

“纪香，这次来准备待多久？”Jame随口问问，像是在说什么别的事一样。

“我想留在这里念书，在日本待久了也该出来走走了嘛！怎么，不欢迎？”纪香打趣地笑问。

“不敢，欢迎之至。”Jame坏坏地笑着。

“你啊！还是没变，还是喜欢恶作剧啊！”纪香没好气地翻着白眼。

“有吗？”Jame把玩着手里的餐具。

“我们好久没这样一起聚过了。”折翼像想起什么似的说。

“嗯！”Jame赞同似的点点头。

“你们还说。”纪香没好气地瞪着旁边的这两位似笑非笑的大帅哥。他们有多久没这样一起吃东西谈天了啊！自从哥开始沉迷于音乐，开始到世界各地去学习演奏，他们就很少在一起玩了，是不是大了就都有了自己的世界啊！至于Jame，他是什么时候离开的，纪香快记不得了。她只记得一个阳光充沛的午后，Jame告诉她他要去流浪了，要纪香好好照顾自己。虽然每年她生日都可以收到他从不同地方寄回来的礼物，可是从那以后，他们好像就再没像现在这样好好聚过。

“学校的一切弄好了吗？”Jame问坐在对面的纪香。

“嗯！所有的一切都弄好了，下个礼拜就可以去上学了。”纪香说着。

“真的决定留在这里？”Jame像不确定什么似的再次问了问。

“嗯。”纪香肯定地点点头。

Jame正想说着什么，手机铃声打断了他，“对不起。”他抱歉地对纪香和折翼笑笑，接听了手机。

“抱歉，我有事要先走了。”Jame满脸歉意地望着纪香。

“没关系，你有事就先去忙吧！”纪香随意地对他点点头。

“我们也该回去了。”折翼对着身边的妹妹说。

“嗯。”纪香乖乖地点点头。

把纪香送回家，折翼就对纪香说：“我还有事，要出去一下。你一个人在家小心一点知道吗？”

“嗯，我知道，会很晚吗？”纪香望着折翼问。

“不会，一会儿就回来。”折翼宠溺地摸着纪香的头说。

“那我等你回来吃饭。”纪香温和地对折翼说。

“好！那我走了，拜拜！”折翼转身向门外走去。

“开车小心点。”纪香望着哥哥的背影说。

“今天有点晚。”折翼刚踏进雨桐家的门，就看见Jason倚在门前。

“嗯，刚陪我妹去见了个老朋友，所以有点晚。”折翼边收拾乐谱边说。

Jason随意地耸耸肩，“进去吧！对了，今天雨桐有事，去温温那了。”雨豪也不知道自己为什么要把雨桐不在的事告诉折翼，可是雨豪仍能清楚，感觉到也许雨桐的世界真的可以不再那么孤单了。

“哦！”折翼径直向钢琴走去，生涩的语气里那一点点失望连自己也没发现，但这一切都看在了Jason眼里，他不由地低头扯动着嘴角。

“你在找什么？”Jason看着折翼东翻西翻的，像在找着什么。

“哦！我在找乐谱啊！我记得明明放在这里的啊，怎么会不见了啊。”折翼随意地回答着Jason的问话。

“哦，你说的那个好像雨桐有看过，你去她房间看看吧，也许在那里。”Jason说。

这个房间很干净，整洁、淡雅却不失庄重，天蓝色的格子蓝，幽静得令人无言。这也是折翼喜欢的样子。

吸引折翼视线的是放在床头和书桌上的那一张张照片。折翼全身僵硬，愣在原地，背脊挺直地站在那里，照片里面的人物是折翼再熟识不过的人，他的朋友旭日。那一张张阳光般的笑脸是那么吸引人，那是折翼最熟悉的笑脸。曾经折翼是那么喜欢这张干净的笑脸。旭日总会在每个不经意间融化折翼的心，给折翼早已冰冷的心带来阳光。折翼一直以为自己不应该有朋友，这辈子他只属于孤独，是旭日让折翼明白他不是什么也没有，他可以和别人一样，也是旭日让折翼知道原来自己还会笑。

那应该是秋天的黄昏吧！折翼随手拿起一张床头的照片，枫叶黄了，微风拂过，有一丝丝寒意。女孩和男孩并肩坐在长椅上，男孩的一只手搭在女孩的肩上，像是在为她取暖，女孩回头给了男孩一抹甜甜的笑，那样的恬静，让人看了嫉妒不已。看着手中的照片，折翼知道那个公园，是上次他和雨桐一起去过的，那时的雨桐是在想旭日吗？她是旭日的谁？是旭日的女朋友吗？是那个旭日最在乎的吗？

为什么心里会隐隐地痛，该笑的，不是吗？自己看见了以往的好朋友了啊！可是为什么折翼就是扯动不了嘴角呢！

"你找到了吗？" Jason 走进折翼身边问。

Jason 的话令折翼回过神来，但随即又好像想到了什么似的看着手中的照片。

Jason 发现了折翼的异常，照片落入了 Jason 眼里，看着折翼发愣的样子，Jason 走过去拍了他的肩膀，"我们出去谈。"像是回答折翼眼里的疑惑。

"他是旭日，我想你应该认识。" Jason 给了折翼一杯咖啡，和折翼一起坐在沙发上。

"嗯，他是我的朋友。"折翼接过咖啡，喝了一口。想问什么，到嘴边的话又被折翼咽了回去。

Jason 笑了笑，"你想问我怎么知道旭日，还有雨桐是吗？"

折翼什么也没说，只是低头喝了口咖啡，像是默许了 Jason 的问题。

"你知道旭日的女朋友吧！" Jason 看着折翼充满疑惑的眼眸，继续说道，"雨桐就是旭日的女朋友。" Jason 很明显看到折翼的眼睛睁大了些。

“可是旭日的女朋友是阴月？”像是在否认着什么，折翼拼命地告诉自己要镇定，可是他发现自己怎么也做不到云淡风轻的样子。

“是啊！旭日的女朋友是阴月。”像是在回想着什么，Jason 望着窗外。

“雨桐就是阴月，那个跨入乐界的奇才，和旭日，和你一样。”又像想到了什么，Jason 低头笑了笑。

阴月，好奇特的一个名字。第一次听到这个名字是从旭日的嘴里吧！那时的折翼总不在意地忽略掉，直到后来折翼在乐界听过好几次这个名字，直到折翼听到那动人的小提琴时。折翼记得虽然只是通过电视转播自己无意间听到她的音乐，第一次他被震撼了，那么动人、幸福的曲子他是第一次听，可是只有一次也足以令人回味好久。

折翼欣赏阴月的音乐，甚至第一次听就毫无保留地喜欢上了，那里面有着折翼期盼的幸福，能温暖他冰冷的心。折翼把这份欣赏放在心底，直到旭日说阴月是他的女朋友时。第一次，折翼有见见她的冲动。虽然还没来得及见到旭日就走了，再后来，随着旭日的离开，折翼就再也没有在乐界听到阴月这个名字。虽然可惜，但随着时间的流逝，折翼也淡淡地遗忘了。想到雨桐那张干净的脸，阴月，真的很难令折翼想到雨桐，不过那样的她也是一个不得不让人爱怜的女孩子。

“你是旭日的好朋友吧！”Jason 没头没脑的一句话让折翼下意识地抬起头来。

“嗯。我们是朋友。”折翼回答着，“你……”折翼吞吞吐吐的。

“想问什么就问吧！”Jason 拍着折翼的肩膀说。

“雨桐为什么会放弃提琴？”过了好久，折翼才缓慢地吐出这句话。

Jason 站起身走到窗边，望着窗外随风摆动的树叶出神了好久。

“我记得那是旭日走后的第三天，我在外突然听到阴月要退出乐界的消息，我匆忙赶回家，我想知道到底发生了什么事。你知道我在家看见了什么吗？”Jason 突然转过身问折翼，但没听见他的回答，他又继续说了下去，“那天我回家，一打开门，空旷的房间里好安静，静得仿佛被什么东西抽干了一样。空气死寂，让人忘了原来还可以呼吸。阴暗的角落里，冰冷的地板上坐着雨桐，她双臂抱着膝盖，眼神空洞地望着远方，好像在看什么，但又好像什么也没有。那样的她太美，就像一个不小心落入人间的天使。”

一个高高帅帅的男孩倚靠在门边，眼神却从未从她身上离开过。这样的动作维持了太久，久得让雨豪觉得雨桐根本不在自己的视线内了。终于男孩打破了沉默，走到雨桐身边。

“为什么要放弃音乐？”没有回答，什么也没有，男孩用手轻轻地捧起女孩的脸。

“哥，旭日走了，对不对。”雨桐认真地问，满脸的泪痕和空洞的眼神已经给了雨豪她的答案。雨豪什么也没说，只是静静地把雨桐拥在怀里，也许语言已不能说清什么了。

想到那一幕，折翼的心不由得揪痛了一下，“所以她放弃音乐是因为旭日。”连折翼也快不知道自己是怎样发出声音的了。

“嗯，她说她的提琴只为旭日一个人而拉，所以雨桐放下了提琴。”Jason 说着，“只要雨桐开心，不管她以后还会不会拉琴都没关系。”虽然Jason很想看见站在舞台上的雨桐，但是如果不站在舞台上，如果那样雨桐可以过得更好又有什么不可以呢？拉不拉琴已经不重要了，不是吗？

“那，不要我放弃音乐，继续下去，是旭日的心愿吗？”就是这个才让你什么也不要的跟在我身边，说只要我不放弃音乐就什么都答应吗？

“应该是吧！”听着Jason的回答，折翼艰难地闭上双眼，明明已有了心理准备，为什么心还会这么疼。

旭日是爱雨桐的吧！折翼还记得在日本的时候。

偌大的落地窗前，站着一位身穿白衬衫的阳光男孩，白净的脸上挂满了笑容，眼神飘向窗外满天飘舞的樱花，温柔且充满磁性的声音回荡在空气里。不得不承认，这样的旭日太迷人，跟他通话的那个人应该很重要吧！

屋子里有断断续续的钢琴声传出，钢琴旁坐着一个同样帅气的男孩子，只是少了点快乐，看上去孤独，冰冷，转头看着落地窗前的旭日，在对上折翼的眼睛的同时，旭日也结束了通话。

“她吗？”折翼记得旭日在练琴时一般是不接电话的，可是，除了她，她一直是一个例外。

“嗯！”旭日走到钢琴旁，坐下来，开始弹琴。

“她叫……”折翼努力地回想着旭日曾跟自己提起过的那个名字，可是似乎令折翼无法挂心的事，自己就永远都不会记得。

“阴月。”旭日转头微笑着对折翼说。

“哦！对，他是你的女朋友。”头一次，折翼变得那么八卦，问起了自己世界以外的事。是因为旭日吧！毕竟旭日是他折翼很重要的一个朋友。

旭日还是那张依旧充满阳光的笑脸。

虽然旭日没说什么，但是折翼知道，那个她和旭日是青梅竹马，旭日从不响应其他女孩，可是唯独她不同。她受伤，旭日会痛；她哭，旭日愿意把全世界都给她，只要能换回她的笑颜。看着旭日那么幸福，折翼也衷心为他祝福，只是自己也许一出生就离幸福太遥远了。

“你爱上雨桐了，是吧？”Jason 看着折翼出神想着什么，拍拍折翼的肩说。

折翼回头来对 Jason 笑笑。是爱吗？老实说连他自己也不知道，本以为这辈子自己不会爱上任何人了，可是……

如果这就是爱，那么心底某处的痛又是什么呢？该爱下去吗？可是现在自己的心已经痛到快无法呼吸了啊！

“可以告诉我他们的故事吗？”折翼不知道自己是怎么说出这句话的，可是他好想，好想知道那个故事，那个旭日那么在乎的！折翼第一次知道幸福就是从旭日的笑容里看见的。

第七章　遗失的美好

微弱的霓虹灯光还是照亮了整条街，我努力地仰起头告诉自己不可以哭，满天的星宿，你说还会幸福……

雨桐是爱音乐的，可是真正让她拿起提琴的是他——旭日。

旭日走进雨桐世界的时候，她还太小，小到还来不及体会就已知道他的存在。那个时候旭日是在雨桐家学琴的，雨桐总喜欢站在他的身后静静地看着他练琴，听到他优美的琴声，甚至有的时候她会忍不住走过去和他坐在一起，弹同一架钢琴，练同一首曲子。那时候雨豪总会笑嘻嘻地说："你们两个应该去练双钢琴，配合得那么好。"

"真的吗？我也有同感。"旭日看着雨豪微笑着说。

那时候的雨桐总喜欢把头埋得低低的。因为她知道现在的她，脸一定红得像个苹果。每当这时都能听到两个大男生爽朗的笑声。

是什么时候拿起提琴的，雨桐已经不记得了，隐约间她只记得那是个迷人的午后，雨桐习惯了陪同旭日到离家不远的小公园坐坐。他们同时爱上了那里，不仅仅是因为那里宁静舒适，更重要的是那里是他们认识的地方。

夏日，雨后的空气格外清新，雨桐和旭日依照每日的习惯总会来这里坐坐。这个公园不大，所以行人也不多，可是他们还是喜欢这里，这里像一个只属于他们的世界。他们习惯了来这里，可以不说话，只是静静地闭上眼，感受一下这里的宁静，呼吸一下这里的清新空气，来这里聆听一下风的声音，或坐在这里看黄昏，别有一番风味。

优美轻快的小提琴声充满了整个公园。雨桐如以往那样把头枕在旭日的肩上，闭着双眼，用心感受着身边的一切，是那么真实、美好。

伴随着轻快的音乐，她有一种想入睡的错觉。可她可以清楚地感觉到旭日现在正在认真地看着或思考着什么，好奇地睁开眼睛，看着旭日出神地望着某处，她随着旭日的目光也望了过去，是一个盲人爷爷在拉着他的提琴，那么认真，自己也完全融入了自己的音乐里，雨桐也忍不住地静静聆听起来。她喜欢这音乐的优美，但她更喜欢在他每次出神时看他眼神里流露出的感情，是那么真实，那么迷人。

“你看我多久了啊！”旭日看着雨桐出神地望着自己，不由得笑起来。本来只是感觉到她的目光，好奇地回过头，发现这小妮子正愣愣地盯着自己发呆，可爱得让人不忍打扰。

“啊。我……我哪有看你啊。”雨桐看见旭日看着自己，迅速地撇开脸去。

旭日低头笑笑，这小妮子。

“那你呢？你那么出神在想什么？”随即雨桐又好奇地问他。

“我在想……”旭日回过头望着远方，久久地，他转过头认真地对雨桐说，“我在想，雨桐你拉小提琴的样子一定很漂亮，很迷人。”看着旭日满脸认真的样了，虽然不知道那是不是只是旭日随口说说。可是她还是偷偷地把它记在了心里。

因为那是旭日喜欢的，只要他喜欢的她都会做，哪怕要付出很多。那个下午她在心里对自己说去学提琴，然后在这里拉给他听，那年雨桐八岁。

学习艺术的过程是乏味苦闷的，可是每次雨桐想放下的时候，那张温和的笑脸就会在她的脑海里出现，好像在告诉她，她不孤单。手上的茧子越来越多，越来越痛，她总能告诉自己没关系，因为拉琴时候的她是旭日最喜欢的啊。

随着时间的流逝，她的提琴也拉得越来越好，让人不得不承认她是属于音乐的。她突飞猛进的技巧令人赞叹。雨桐十四岁时第一次被肯定，她回家看着安静地弹着钢琴的旭日，兴奋地拉着旭日，要他陪她到小公园去，她拉提琴给他听。看着雨桐那么认真地拉琴，好像把自己的一切都融入到音乐里了。

那样的她很美。这么优美的琴声她练了多久？是因为他，她才去练琴的吗？为什么那么笨，到底吃了多少苦才练到这样啊！旭日看着雨桐拉琴，眼角却湿润了，这样的她，他能受得了多少……琴声才止，旭日就把雨桐拉入了自己怀里，紧紧地抱着她。

“怎么了？我拉得不好吗？”雨桐小心翼翼地问，虽然她喜欢旭日这样的拥抱，可是这么怪的旭日又令她的心里忐忑不安。

“没有，你拉得很好。”温和的声音让雨桐的心平静了下来，闭着双眼，享受着他温暖的怀抱，那时的旭日已是一个颇有名气的钢琴少年了。

日子很平淡地过着，有旭日的日子，天空是湛蓝的，心情是美好的，未来是幸福的……

后来，旭日去日本学琴了。每次旭日去学琴的时候，是雨桐最不喜欢的日子，那就代表着她将有一个月的时间见不到他。她会在想他的午后到公园坐坐，会好奇地想着现在的旭日在做着什么……是在那里安静地弹着钢琴，还是在美丽的日本街头看黄昏。日本的樱花街很漂亮，飘樱花雨的时候他会不会露出那迷人的笑？他会不会在某个繁忙的午后或是夜里想到她呢？突然雨桐好想知道旭日有没有喜欢过自己，哪怕是一点点都好。

好不容易盼到了旭日回来，开心地拉着旭日要他给她讲在日本发生的故事。第一次，她在旭日脸上看见了不一样的光芒。虽然她不知道那代表着什么，但是她真的好想知道。

在旭日的诉说中，她第一次知道折翼的存在。旭日告诉她，折翼是一个很帅气、很不一样的男孩。每次旭日提起折翼，在他眼神里都会有不一样的感情，她想捕捉，可总在每个不经意间发现旭日把那份东西收藏得很好，好到不想让其他人触碰，那也是她第一次知道，原来自己也会嫉妒。

在夏日沉闷的午后，旭日拉着雨桐的手说：“我知道现在有一部很棒的电影，我们去看好不好？”

看见旭日开心的笑颜，雨桐才发现，面对着旭日，自己根本就不懂得拒绝。

走进电影院，雨桐才知道这部电影一直是自己很想看的。三天前她和旭日一起逛街，无意中看见了电影院前的海报，不小心自己多看几眼，原来他都知道，原来他会把自己喜欢的东西放在心里。眼角有些湿润，转过头想对身旁的他说声谢谢，才发现他正认真地欣赏着电影。

走出电影院，雨桐还沉浸在那浪漫的电影剧情里。傍晚，他们一起坐在小公园的座椅上，谁都没有说话，只是都仰着头，闭着双眼。

“旭日，你喜欢我吗？”沙哑的声音从雨桐嘴里流出，她没有睁开眼，而是静静地闭着，依旧仰着头像在期盼着什么，又好像什么也没有。

没有回答，什么也没有，空气凝固着，像是她刚才的问话他根本就没有听到。

“不喜欢吗？你都没有说过喜欢我。”说出这样的话，雨桐自己也吓了一跳，慢慢地睁开眼，天空蓝得透明。

“你想听吗？”低沉的声音传来，却听不出他的喜怒哀乐。

“没有，不管旭日喜不喜欢我，我都会陪在旭日身边。”

雨桐看见旭日笑了，笑得那么满足，可是为何她的心还是会痛，就好像落入了永无止境的黑暗。

旭日，我不想勉强你做你不喜欢的事，即使我心痛得仿佛要碎掉。

折翼的心不住地颤抖。他坐在以往旭日和雨桐常来的小公园的座椅上，仰起头，今天的天空像蒙了一层薄纱，迷人却看不清它真正的颜色。旭日是爱雨桐的吧！他再次闭上眼，肯定了心底的那个答案。

日本的天空是干涩的，断断续续的钢琴声打断了折翼的思绪，收回飘向远处的目光。回过头，他的目光回到了钢琴旁的旭日身上，不得不承认，今天的旭日很不一样。

他的钢琴弹得断断续续的，眼神时不时地飘向钢琴上的手机上，好几次拿起又放下了。折翼似乎明白了什么，低下头，嘴角不自觉地扬起一抹微笑，他轻步走到钢琴旁，同旭日坐在了一起，手指时不时地敲响了琴键，随即又放下了手。

“在想什么？”折翼转过头看向旁边的旭日，“想你的女朋友？”没等旭日回答，折翼便自顾自地说了起来，“也对，以往的这个时候，你应该在接她的电话，她几天没给你电话啦？”

旭日没有回答而是站起身，径直走到落地窗前，倚着墙望着窗外的街景。

折翼也不清楚为何突然想知道别人的事，也许是因为旭日吧！只是想看见自己的朋友开心地笑，单纯的想法。折翼摇摇头笑笑，也不知道为什么遇见这小子，自己的冷漠就好像在他面前不复存在了。折翼一只手敲击着琴键，音乐很轻很柔。

“翼，我好像惹他生气了。”旭日低沉的声音传到折翼耳里，折翼停止了手上的动作，抬起头看着旭日，好像在问为什么一样？

“我好像从来都没有对她说过喜欢。”旭日不知道折翼是否在听，他只是静静地说着，像在讲述一个别人的故事，声音很轻，却布满了整间屋子，“她很可爱，笑起来的时候很迷人，像一个天使……”

折翼看见旭日面带微笑地说着，那就是幸福吧！旭日微弱的声音还是不断地传入他的耳里。

“我喜欢她，从我第一次见她的时候好像就喜欢了，可是我害怕，害怕给不了她想要的幸福，所以我发现这么多年来我好像从来也没对她说过喜欢。我告诉自己下个月的钢琴大赛，如果拿奖就会告诉她，我想照顾她，所以……”旭日慢慢地转过头看向折翼，“钢琴大赛对我们都很重要，你一定要全力以赴，到时候我介绍她给你认识。”

钢琴大赛，那天折翼等了好久，那天日本的街头飘着细雨，那天折翼一直望着门口，那天直到大赛结束，旭日都没有出现，那天天空阴沉得让人透不过气……

纪香在门口站了多久，她已不记得了。她的眼神从未离开过坐在沙发里的折翼，她只知道他在那里坐很久了，久到让她觉得他好像没有动过一样，纪香叫了好几声“折翼”，只是他好像太入神了……

这样的他令她害怕，隐隐约约中只知道是她，那个叫谢雨桐的女孩子。仿佛过了一世纪，折翼终于有了动作。他走到纪香身边，紧紧地拥住了她。折翼不知道自己怎么了，他只知道如果自己再不发泄一下，就一定会难过得死掉，隐约中他能清楚地感觉到自己遗失了什么，一个很重要的东西，一颗自己的心。纪香就任由折翼这样抱着，他们谁都没有说话，他或者她忘了自己该说些什么。对他，她的身份好像永远都只是妹妹。

喧闹的酒吧里，Jame 看着身边拿着酒猛灌的纪香，心里不由得揪成了一团，脸上却看不出一丝其他的表情。

接到纪香的电话时，他放下手中所有的工作，急忙赶来，映入眼帘的却是一向沉静的她在那里一直喝着酒。他知道，现在的她心情很不好，而唯一能令她心情不好的就只有他——折翼。

“不要再喝了。”Jame 拿下了纪香手里的酒瓶。纪香愣愣地坐在那里出神，突然她失神笑了，笑得凄美，直到眼泪再也忍不住滑落嘴角。Jane 下意识地握紧了拳头，艰难地闭上眼睛，眼神疲惫、酸楚，原来自己还能呼吸。睁开眼，眼神还是那么清澈透明，仿佛刚才那只是另一个人，一个过眼烟云。

Jame把纪香拥进了自己的怀里。

"他说……"纪香闭上眼任由眼泪滑落在Jame的衬衫上，脑海里还闪现着刚才的画面。折翼把她紧紧地拥在怀里，在她以为他不会说什么时，"纪香，我爱上她了。"声音很微弱却在耳边不停地回响着。纪香的身体微微地颤抖了一下，只是折翼没有发现。他放开纪香，径直向自己的房间走去。

纪香什么也没有说，她只是任由自己的身体随着墙滑坐在地上。地板很凉，但她的心更凉，像跌入了永无止境的黑暗里，不断地下沉，下沉。

"他说，他爱上那个叫谢雨桐的女孩子了。"纪香缓缓地开口，把头埋得更低了。

时间一分一秒地过着，Jame搂着怀里的纪香，"你醉了，回家吧！"声音很轻，却有着不容拒绝的意思。

"我不想回家。"Jame像没有听到似的，结了账，抱着已有点醉意的纪香向外走去。

夜很静，Jame简单地在电话里向折翼说了几句便收线了。看着床上睡熟的人儿，Jame弯下腰，用手抹去了她眉间的皱纹，静静地看着她，随即又低下头，为她盖好被子，站起身向外走去。

他把自己留给了漆黑的夜，门缓缓地关上，像是也隔离了他们的世界。

第八章　殇

为什么你老是喜欢看远方，是不是那里是一个有你有他的地方……

折翼百无聊赖地在街上转着，本以为自己可以去酒吧缓解一下自己的情绪，谁知去了那里，沉闷的空气让折翼待不了一刻，什么时候自己已不喜欢这种缓解的方式了，折翼不知道。一个人独自走在街上，是怎么走到这里的，折翼不知道，折翼迟疑了一会儿还是走进了小公园。

折翼到小公园时，雨桐早已在那里了。望着远处望着天空的雨桐，折翼忘记了移动自己的步伐，愣在原地看着她的背影发呆。

曾经在一本书上看过一句这样的话：一个孩子抬头仰望着天空，不是因为她在寻找什么，而是因为她寂寞……折翼久久地看着，这时的她是不是也寂寞。

折翼走上前去，从身后把雨桐紧紧地搂在了怀里。

突如其来的拥抱让雨桐的背脊僵硬了一下，熟悉的体温让她知道那是折翼。

“就这样让我抱一下，一下下就好。”折翼紧紧地搂着她，就好像如果放手，下一秒她就不会再出现在他的世界里了，不会再出现在他的身边了。

折翼吻上了雨桐的唇，她的唇柔柔的，软软的……本只是想轻啄一下，却没想到自己忘了怎么放开……

折翼还是不舍地离开了雨桐的唇，随即把她紧紧地拥在自己的怀里，像要把她溶进自己的骨子里一样……

“雨桐，做我真正的女朋友好不好？”折翼的声音很轻，却久久地回绕在雨桐的耳边。

“你不是说过这辈子都不会再爱吗？我……”雨桐看着远方，心里是怎样的，她已不再顾及了，慢慢地闭上眼，现在的她需要的只是安静。

“我收回那句话。”折翼没有放开雨桐，而是增加了手上的力道，却没有半点弄疼她的地方。

“你知道旭日了，不是吗？哥都告诉我了，你不恨我吗？我只是……”折翼用唇堵住了雨桐即将开口的话语。

“没关系，就这样待在我身边吧！”折翼的话很轻，像一种妥协的说法。

雨桐推开了他，望着折翼的眼睛，她努力地控制着在眼眶里打转的眼泪。

“你是笨蛋吗？为什么那么傻？叫你不要放弃音乐，答应你的一切要求，只是因为那是他生前的心愿！我不爱你，不爱，一点也没有，因为我已经没有心了，我的心早在旭日离开的那一天就随着离开了。你听到没……”雨桐强压着心底异样的感觉，脸上不带一点表情地说。

雨桐的话像一根刺，深深地扎进了折翼的内心深处，他慢慢地闭上眼，随即又缓慢地睁开……

看着折翼的样子，雨桐的心不经向下沉了一下，眉头稍皱了一下，撇过头去看着远方，“你知不知道我曾经很讨厌你，为什么旭日提到的都是你。我嫉妒你在他心里的位置。你知不知道他从来都没有说过喜欢我，就连他走的时候，他嘴里提到的人都还是你。为什么？”雨桐的泪慢慢地滑落到了嘴角，她抬起头告诉自己不可以哭，双手却不自觉地握成了拳。

“不，他喜欢你。旭日喜欢你，很喜欢很喜欢。”折翼看着雨桐的样子，像失了魂似的摇晃着她的身体。折翼的声音带着些许的沙哑。

喜欢，旭日真的喜欢吗？雨桐的大脑空白了，她忍了好久的泪再也忍不住，滑落了下来，嘴角失神，扯过一丝笑意。原来旭日喜欢过她，原来不是她的一厢情愿，原来自己恨了那么久的答案，竟然不是那样……

雨桐失神地向前走去，像是身体被什么抽干了一样，每一步都那么沉重，摇曳着自己的身体。

折翼以为自己会拉着她，可是伸在半空中的手停留了好久，他还是收了回来，慢慢地握成拳，像失了重量似的落在一侧，身体跌落在了一旁的座椅上。他双手抱着头，把它埋在了自己的怀里。心空了，比那个他什么都没有的时候还空，好像真的怎么填都填不满了……

雨桐不知道是怎么回到家的，她坐在冰凉的地板上，双手抱着腿，出神地望着远方。

雨豪一直站在门口，雨桐回来时失神的样子让雨豪奇怪。她没有听见雨豪的叫声，只是自己一味地向自己的房间走去，什么也不说，拿起床头她和旭日的相片一直看，看到嘴角浮现一丝笑意，看到身体慢慢地滑坐在地板上，看到眼里出现泪光，然后失神地望着远方。

这样的雨桐让雨豪害怕，就像回到了旭日走后的那段日子，那样的雨桐是他不曾认识的，那一次她退出了乐界，放下了提琴。那现在呢，现在的她……雨豪不敢想下去，他只是闭着眼，深呼吸一下，睁开眼，他还是迈开了自己的步子，沉重……心痛得让他不禁开始皱起了眉……

“雨桐……”雨豪轻轻地叫了雨桐一声，怕自己声音太大吓到了在沉思中的她。

雨桐慢慢地抬起头，望着满脸担心的哥哥。她又让他担心了，该死！努力让自己看起来像没事的样子，扯动着嘴角，却发现自己笑不出来。

“哥，我没事啦！真的没事。”雨桐努力地扯动着嘴角。

看着雨桐故作坚强的样子，雨豪的心不禁揪成了一团。这傻丫头，难道不知道这样反而会令他更担心，更心疼吗？

雨豪把雨桐搂进了自己的怀里，“怎么了？你忘了，你的样子永远都骗不了我。”雨豪的声音很轻。

雨桐把自己的头埋得更低了，她什么话也没说。

……

空气很静，流动着它自己的味道，墙上的时钟走出嗒嗒的声音，像在数着什么……

“哥，旭日他真的爱过我对不对？”雨豪在雨桐的眼里看不见任何其他的情绪，她像是个在等待最后判决的人……

“是的，旭日爱你，而且一直一直都只爱你。他爱的人从来都没有变过。”雨豪像是在回想着往事，一件很久很久以前的往事。

旭日和雨豪就像很好的兄弟，虽然他们的年龄差了好几岁，但同样爱音乐同样疼雨桐的他们是无话不谈的朋友。

“你什么时候才真正告诉雨桐你喜欢他啊？”雨豪倚靠着墙，慵懒地问身旁的旭日。

旭日习惯性地露出自己那张温和的笑脸，他的眼神望向窗外的街道，凉风吹动着落叶在半空中盘旋着，“等我站在世界顶峰的那一天……”

“你啊，又不是不知道那傻丫头慢半拍，就算全世界的人都知道她也不知道啊！”雨豪拍拍旭日的肩，“不要让她等太久。”

旭日回头对雨豪笑笑，算是给了他肯定的答案。他不会让雨桐等太久的。

雨桐的心不禁向下沉了点。为什么全世界的人都知道就我不知道?

雨桐的神情让雨豪害怕，他不喜欢这样老爱出神的雨桐，那样的她就好像回到了那段旭日走的日子。是不是她又要把自己封闭起来？那她的心呢……

雨桐好像知道雨豪的想法似的，她回头对雨豪静静地笑笑，像是在让雨豪安心，“哥，我不会再回到从前那样，我只是想一个人好好静静，好好想想……”

看着雨桐那么肯定的目光，雨豪还能说什么呢，他能做的就只是好好地守着她，在她的身边看着她……

“哥,我想去看看旭日。”雨桐的声音很轻,雨豪什么也没说,只是静静地点点头。

碧绿的草地上，旭日的墓是那么显眼，旁边开满了淡紫色的小花。这是一块很漂亮的土丘，那个时候旭日很喜欢带雨桐来这里。他总说这里没有喧嚣，远离城市，这里的空气迷人，就好像闭上眼全世界都是亮的。

新鲜的海芋叶上隐隐地还藏着几滴露珠。雨桐看着眼前旭日开心的笑颜发呆，慢慢地她弯下腰，她把海芋放在了旭日的坟前，手指小心翼翼地触碰着照片上那个她再熟悉不过的人，一遍一遍地抚摸着他的脸颊，眼泪还是悄悄地亲吻了她的嘴唇，滑落到地上。

雨桐轻轻地抬起头让眼泪不再滑下，旭日说他喜欢看见雨桐开开心心的样子，眼泪不是该属于她的东西。所以她不哭，她要做旭日心里那个开开心心的雨桐，那个他说像天使的女孩……

“旭日，我是不是很笨啊？全世界都知道的事，我却不知道。是不是这样的我总让你担心？你在乎这么傻傻笨笨的我，为什么不说呢？知不知道我差点就那么误会你一辈子了，你永远都是这样子，什么时候你能变呢？会抱着我说雨桐其实我很喜欢你，会再陪着我透过树缝看黄昏呢？会……”雨桐的声音越来越小，她好怀念那个旭日把自己搂在怀里的日子。

泪水滑过，雨桐却不想再去擦了，再让她任性一次，再让她哭一次吧，以后她都做旭日心里那个快快乐乐的雨桐，那个旭日说他喜欢笑着的雨桐。

那天雨桐在那里坐了一个下午，那个下午的夕阳染红了半边天。那天雨桐望着天空发呆了好久，那天风舒服得让人……

第九章　误会

秋日凉爽的午后，纪香说：“你可不可以让他幸福一点……”

冰凉的风似乎吹开了点什么，行人依旧，校园里的空气逐渐变得稀薄，冬天要来了。

一切似乎都没有变，砾子依旧喜笑颜开地过生活，雨桐还可以时不时地在温温的脸上找到久违的笑，是不是她那个“哥哥”想通了点什么。雨桐和折翼还是如往常一样，每日到学校报到，折翼依旧像往常一样去雨桐家练琴，每个人似乎都忙碌着过自己的生活。然而只有雨桐知道，自那日下午后，她和折翼的关系有了点小小的变化。他们不再在一起吃饭，一起回家……

还是会聊天，只是多了点平淡，少了点匆忙。

望着窗外的街景，雨豪的话语还是让雨桐收回了飘向那个遥远地带的思绪……

“过几天是旭日的钢琴纪念会了，阿姨会回来。”雨豪转动着手上的方向盘，车子打了个弯转进了学校。

阿姨，她是旭日走的时候离开的吧！她已经好久没回来了，除了平时的一些越洋电话，告诉大家她还过得很好。

“阿姨回来我们就不要让她住酒店了，住家里吧，她也应该很想旭日了。”雨桐转过头对哥哥说。

“嗯！”雨豪宠爱地拍拍雨桐的头，车子缓缓地停了下来，“进去吧！你要上课了。”

雨桐回了个大大的笑脸给雨豪，向教室的方向走去。

“雨桐……”雨豪的声音使雨桐停下了脚下的步伐，回过头望着哥哥的笑颜。

“没事，小心点……”雨豪用手抓抓自己的头。看着哥哥滑稽的动作，雨桐的嘴角不自觉地扯出一丝笑意。

“拜拜。”雨桐轻声地说。

教室里稀疏地分散着几个人，折翼还没有来，他这几天上课总是来得特别晚，然后再早早地离开，有时候雨桐甚至来不及扯动嘴角，折翼已经与她擦肩而过。这就是雨桐想要的结果，不是吗？为什么心里还是会有那么一点点的苦涩？望着窗外的风景，起风了，快要入冬了吧！雨桐已开始感觉到丝丝的寒意。

“雨桐，外面好像有一个很漂亮的女孩子找你，好像是……是……折翼的妹妹。”温温走进来时对雨桐说。

“哦！”雨桐回了温温一句，就转身离开了教室。

教学楼后的这块空地似乎永远都能让人宁静而又舒适。雨桐同纪香一起坐在了这片空地旁的座椅上。

“今天我找你是想跟你谈一些事。”纪香微笑地看着雨桐说。纪香的笑容很柔和，她永远都有那么一点童话中高贵的公主的气质。

雨桐看着她的笑颜，突然发现自己不懂得说拒绝，“嗯。”雨桐点点头。

“我哥，我说折翼啦！你知道吗？我喜欢他，一直一直都喜欢他。”纪香的嘴角显露出一丝甜甜的笑，像是想起了什么开心的事。

“你？”喉咙像被什么东西堵住了似的，才发现自己什么也说不出来。

“折翼是个不苟言笑的人，从小他就喜欢把自己封闭起来，不和外来的东西接触，甚至是他的父亲……”纪香的声音好听得就像轻风。

“父亲！”突然雨桐想起了那日见到的慈祥的面孔。

“我喜欢他，从我五岁被我爸带回家的那一刻，我就喜欢上他了。我和折翼没有血缘关系，我的亲生父母和折翼的父亲是很好的朋友，也是事业上的伙伴……一场意外夺去了我家人的生命，却留下了一个孤独的我……”纪香的脸上依旧是淡淡的笑，像是在回忆着只属于自己的幸福。

雨桐的心不由得轻颤了一下，没有血缘关系，脑海里闪现着折翼面对纪香温柔的笑颜，像是在珍藏着什么宝贵的东西……

又有什么关系呢？跟我又有什么关系呢？我们……只是……只是生命出现差错时的一个小插曲……只是匆忙行走中的一个路人……一个过客……

纪香轻柔的话语依旧飘荡在空气里，“上天似乎很怜悯我，它给了我一个新家。爸爸很疼我，他总说我给家里带来了欢笑。小时候折翼的脸就绷得厉害。他看爸的眼神永远都带着那么点淡漠，我不知道为什么。只知道爸的眼神里也隐藏着那么点淡淡的忧伤，但是他似乎从来都不会让哥发现……

折翼不喜欢笑，他就像一座冰山，让人永远都无法靠近他的身边。可是那个时候的纪香总是喜欢触碰那一座冰山，用尽各种方法，只要能让折翼那张漂亮的脸上露出一点点笑，纪香就会满足，像拥有全世界一样。纪香缓慢地讲述着那个属于她也属于折翼的故事。

“他很疼你。”雨桐像想到了什么，她的声音很轻，让人听不出一丝其他的思绪。

“嗯。”纪香的唇角扯开了甜甜的笑，很柔却美得惊心动魄，那种幸福，像不能被任何事物亵渎一样。

“那种平静的生活陪了我很久，哪怕我能在他脸上找到的笑少之又少，但是我知道哥很疼我！我喜欢樱花，他总会在樱花飘落时，在街道的尽头，一次又一次地陪我看，虽然他的脸上总带着让人不能触摸的寒霜。他总是把我保护得很好，让我不受任何伤害……”纪香的头开始隐隐作痛，她努力扯动嘴角的笑。

“在日本，那段日子是我过得最快乐的……”美丽的画面总是一次又一次不停地在脑海中浮现。头又开始痛了，纪香努力地甩了甩，有折翼的日子是幸福的。

雨桐没有说话，她几乎忘了该如何开口，她知道纪香脸上的笑容代表着什么。那种同样也是她曾拥有的东西，放在心底可以甜到永远，让人忘不掉，停不了，放不下的感情。

只是纪香的脸苍白得可怕，让雨桐的心不由得揪起，“纪香，你的脸色很难看，我先送你去医院好不好？”雨桐上前对纪香说，脸上是藏不住的焦急。

“我没事。”纪香的笑宛如静静绽放的莲，美到让人忘了拒绝。

折翼匆忙的身影在校园里穿梭着，这个与平时总喜欢以冰霜示人的他简直判若两人。

一大早起来，就没看见纪香的身影，本以为她只是在睡觉，可是过了好久，也没有找到她。走到她的房门前，空气中回荡着几声敲门声，打开门，整洁的房间像是在告诉他，这像是个很久没人住的地方一样。她去了哪里？折翼的眼神不经意间晃到了桌上那杯不曾碰过的凉白开，心不由得沉了一下。“这个笨蛋。”轻声地低喃了句，加快了脚下的步伐，像想到了什么，他拿出手机拨通了那个熟悉的号码。

“Jame，是我折翼，纪香在你那吗？”低沉的声音还是掩盖不住那一丝焦急。

“没有，怎么了吗？纪香她……”听到纪香的名字，让原本睡意蒙胧的 Jame 顿时清醒百倍。

“没什么，没事，你忙你的。”折翼不想再让Jame也跟着担心。

“说！”Jame 低沉的声音从电话那头传来，折翼知道 Jame 是一个就算天塌下来都可以笑出来的人。可是每次 Jame 用最简短的话语时，那就有不一样的意义了。上一次 Jame 用这种口气是几年前了，那个时候纪香也……甩甩头，现在不是该想往事的时候。

“纪香不见了，我早上起来就没看见她……而且她没有吃药。”折翼重重地吐了口气。

Jame 不自觉地皱了皱眉，“我跟你去找。”

校园里穿梭着两个焦急的身影，不管在哪里，他们似乎都可以成为焦点，俊朗的外表总能吸引不少倾慕的目光，要是平常，Jame 一定会向四周抛去几个迷死人不偿命的媚眼，可是现在的他没有一点心情，他唯一想的就是纪香她会不会有什么事。

看着折翼焦急的身影，砾子不禁好奇起来，“折翼！”砾子的叫声没有让匆忙中的折翼停下脚步，或者说折翼就像根本没有看见她一样。

砾子无所谓地耸耸肩，看来帅哥很忙，根本没看见她。正当她欲离开时，突然双肩疼痛得厉害，砾子慌忙抬起头，对上的是折翼焦急的目光。

“你有没有看见纪香？”折翼抓着砾子的肩，丝毫没有松手的迹象。

“她……她……她刚才来找雨桐……”折翼迅速放开砾子的肩。

“谢谢。”折翼丢下这句话便向另一个方向跑去。

“喂！我话还没说完……”砾子对着折翼消失的方向大喊，你知道他们在哪儿吗？砾子撇撇嘴。

“啊……”一声尖叫划破了平静的校园，砾子下意识捂住自己张得极大的嘴。刚才那个是折翼啊，他，他竟然跟我说谢谢耶！砾子捂着嘴站在原地傻笑。

“雨桐，你知道吗？我很久没看见我哥笑得那么开心了。”纪香想到了折翼的脸上时不时出现的笑容。

雨桐什么也没说，只是愣愣地站在原地，或许连她都忘了自己还有声音。

“我一直不知道我哥为什么要来这里，这里没有樱花，没有……现在才知道这里有你，也许我哥选择来这里是对的……”纪香的声音更像是一种妥协。

“那只是一个意外。”雨桐的声音轻到连她自己都快无法听到了。

“与其说是意外，不如说那是缘分，我知道我哥笑是因为有你。知道吗？那是我花了好多好多年都不曾看到过的。”纪香满脸认真地说。黄叶飘落在地上，发出轻柔的声音。

“也许认识我只是他不幸的开始。”雨桐的话像是点破了什么，命运似乎永远都那么捉弄人。如果当初不是她固执地要折翼不要放弃钢琴，不是她固执地闯进折翼的世界，也许现在三个人都会好过一点。

“不，不是的。”纪香的嘴角扯过一丝浅浅的笑，只是里面包含了太多心酸与痛苦，以至于让她原本苍白的脸色显得更加苍白。

“我以前真的很讨厌你，因为你打破了我的梦，因为折翼说他喜欢的，他爱的人是你，我守了好多好多年的梦就这样破灭了。”纪香回转过头，静静地望着雨桐，眼眶湿润，让她下意识地抬头望向天空。

雨桐的心不由得揪成一团，让指甲向肉里又陷进了一点，努力让自己恢复平静，就好像那不应该是牵扯到她的事一样。

“可是当我看见那个眼里布满血丝的折翼，看到那个会时不时看向窗外发呆几个小时的折翼，看见那个抱着我会说纪香为什么我不可以，会为了你一句话拼命练琴的折翼时，我的心真的好痛。不是因为他不喜欢我，而是因为他是我哥，是我爱的人，那种心痛比失去他还痛千百倍。”纪香转过头努力地看着雨桐的眼睛，努力地扯开嘴角的笑。

“所以雨桐，我求求你，对折翼好一点好不好？就在他身边看着他，什么都可以不做，只是静静地待在那里好不好？”纪香有些激动地望着雨桐，眼里充满了恳求。

努力撇开自己的眼睛，告诉自己不可以妥协，已经不能再伤害了啊！“我们本来就是两个不同世界的人，只是命运开了一个玩笑让我们认识，我们就像两条平行线永远也不会有交点。我不是属于他的那条线，他也不是能在我手里放飞的风筝。”雨桐仰起头告诉自己不能让泪水滑落，因为她答应过旭日以后都不会再哭，她要做那个开开心心的雨桐，那个只会笑着面对所有的雨桐，眼角针刺般疼痛，“所以对折翼，我只能说声抱歉，这辈子我都不会再爱了，在旭日走的那一天也把全部的我一起带走了。”雨桐望着远方，就好像在那个遥远的远方是一个有着她和旭日的地方。

“对不起！”声音很轻，雨桐像是在对着自己说一样，慢慢地垂着脑袋，风吹起了她的碎发，只有她知道眼角的那一滴泪还是滑落了下来，滴在了枯黄的树叶上，轻风吹起黄叶飘向远方，不留一点痕迹。

空气静止，只能听见风的声音，树叶的沙沙声让雨桐不敢转过头来去面对那双清澈的眼眸。可是这样过于安静的气氛却让她害怕得厉害，慢慢地转过身，眼前纪香痛苦的表情让雨桐的心揪成一团……

“纪香，你怎么了？我送你去医院。”雨桐焦急地问，拉着纪香的手。

纪香努力扯动着嘴角，“我……我没事，只是老毛病。”不着痕迹地抽回雨桐手中的手，身体慢慢地向下滑，“雨桐，我求你好不好，不要再让我哥痛苦了。”纪香依旧不死心地对雨桐说着。

纪香在做什么，给雨桐跪下吗？雨桐忙抱着欲跪的纪香的身体，“不可以……”声音哽在喉咙里，“我又有什么资格让你这样！”雨桐摇晃着纪香的身体，“起来啊！我们去医院！”雨桐颤抖的声音回荡在空气里。

“答应我……”纪香的声音微弱得令人害怕。

“你在做什么，放开她！”低沉冰凉的声音从雨桐的上空传来，抬起头对上的是一双没有一丝温度的眼眸。

“我……”哽在嘴里的话，才发现一句也说不出来。

在远处看见半跪在地上的纪香，看见雨桐摇晃着纪香的身体，折翼的脸不禁冷得可怕……那个折翼疼到骨子里的纪香，那个折翼为了能让她笑从不对她说不的纪香，那个在折翼的心里纯洁高贵得像个公主的纪香，此时的她在干吗。折翼可以明显看见纪香苍白的脸色，为什么还摇晃她？折翼缓缓把眼光向上移，在他看见雨桐的一刹那，怒火彻底让折翼迷失了理智。

“谢雨桐，如果纪香有一点事，我一定不会原谅你。”折翼横抱起纪香的身子，丢下一个足以冻死人的眼神。折翼的声音就像是从地狱传来的一样，不带一点感情，比她刚认识折翼的时候还要冷漠的百倍。

纪香试图张开嘴说些什么，可是她太虚弱，以至于还没来得及说上一句话就昏迷在了折翼的怀中。

这一切都看在Jame的眼中，刚才的他也有看见，可不是折翼想的那样，他想试图说点什么，但是折翼冰冷的眼神只是在告诉Jame，现在的折翼什么也听不进。看着折翼抱着纪香的背影，Jame回头看了眼站在原地的雨桐，清澈的眼眸中看不出雨桐的真实想法。本来想说点什么，可是想到纪香的脸色，Jame不禁皱了皱眉，迈开了脚下的步伐，向折翼消失的方向走去。

由于好奇，砾子还是跟着折翼他们跑过来看了一下。虽然她没有看清楚事情发生的整个经过，可是她相信一定不是折翼想的那样。因为那是雨桐，她认识的雨桐绝不会做出那种事，她是那么好，好到宁愿自己受伤也不会伤害他人，好到就算自己遍体鳞伤也会笑着告诉别人她没事。那样的雨桐会做那样的事，打死砾子，她也不信雨桐会那样做。

砾子静静地站在雨桐身边，这样的雨桐令她心疼。

雨桐直直地在原地愣了好久，大脑似乎停止了运转，只是折翼冰冷的声音一次次在脑海里回响……

“扑！”一声笑划破了压抑的空气，雨桐失声笑着，笑到她不知道自己在笑些什么，笑到眼眶里的泪滑落嘴角，她笑得很静，花容月貌……可是这笑颜却刺痛了砾子的心，砾子不知道自己能做什么，只能走上前搂着她，什么都可以不说，只要这样静静地搂着雨桐就好。

第十章　钢琴纪念会

这是你的世界，你的钢琴，这里的音乐只属于你。

“雨桐，你在想什么？”雨豪走到雨桐身边，同她一起望着窗外的街景。

“没什么！”雨桐的声音依旧平淡。

雨豪无意地耸耸肩，“折翼很久没来练琴了，你们……吵架了？”雨豪的声音在雨桐的耳边飘荡。

“没有。”声音依旧平淡，听不出话语里包含的一点不该有的东西，想着前几天发生的事，雨桐只能下意识地低下了头，“纪香生病了，折翼在照顾她。”

“哦！”雨豪什么也没说，可是不代表他不知道发生了什么事，只是妹妹不喜欢提到的事他永远也不会问。拍拍雨桐的肩，雨豪转身向储藏室走去，把安静的气氛留给了雨桐。

医院，呛人的医药水味一向不是纪香喜欢的，可是这次她却不得不住在这里。

“哥！”纪香轻声地呼唤了一声，望着看向窗外发呆好久的哥哥的背影，心中有一丝失落。

“嗯？”折翼回转过头，看着病床上的纪香，“怎么了？”声音很轻，满是宠爱。

“没，没事！”纪香慢慢地低下头，手指不停地交错着。

看着她的样子，折翼走上前，宠溺地揉了揉纪香满头的长发，“到底怎么了？”折翼看得出纪香心里有事。

“真的没事啦！你推我到外面走走好不好？”为了不让折翼担心，纪香给了折翼一个大大的笑脸。

“嗯，好！”折翼小心翼翼地把纪香抱在轮椅上，怕稍稍使一点点力就会弄疼了她。

医院是纪香最不喜欢的地方，可是这医院的风景却美得惊人，空旷的草坪旁轻风吹动着，白桦树哗哗作响。

“你等我一下！”折翼说着转身离开了。

从小身体就不好，每次总是哥哥无微不至地照顾她，为了不让折翼担心，她总是乖乖地听医生的话，总是不断地告诉自己要好好地照顾自己，不要再看到哥哥担心的目光。总想像很多其他的女孩那样照顾他，哪怕只是为他做一顿可口的饭菜。

可是身体不好，折翼什么也不要纪香碰，只要是纪香喜欢的，折翼总会想办法给她。被折翼这样宠了好多年，突然纪香觉得什么都够了，这就是幸福，属于她的幸福，谁也拿不走，折翼会是她的哥哥，一辈子的好哥哥！现在是纪香该要他幸福的时候了。

凉风突起，让纪香下意识地环抱了一下臂膀。

一张宽大暖和的毛毯盖在了纪香的身上，回转过头，“哥！谢谢！”纪香得到了折翼这么温和的笑脸，那是好多人都不曾得到过的东西，她该满足了。

“傻丫头！”折翼把毛毯向上拉了一点，不让凉风有机会吹到纪香。

看着远方出神好久，“哥，你去找她吧！”纪香的声音很轻，坐在一旁的折翼还是听在了耳里。

他没有回答，只是双手枕着头，望着湛蓝的天空发呆。

“那天的事真的不是你想到的那样，雨桐她……”纪香柔和的声音在折翼的耳边响起。

“我知道，你已经说过了。”折翼轻声打断了纪香即将出口的话语。

早在纪香醒来时就把事实的全部告诉他了，折翼什么都没做，只能任由那道伤口再划开些，疼痛已经不能代表他现在的伤了，是他选择用那样的方式说话。虽然知道那只是担心纪香而一时说出的一些恶劣的话，早在折翼抱起纪香的那一刻他就后悔了。可是说了就是说了，世上没有后悔药，时光也不会倒回到那天之前。

以后都只能做路人了吗？闭上眼，心碎的声音是那么清脆，就好像用什么都无法再补回了，就好像涟漪一圈一圈地蔓延开来。

“哥，我想回日本了。”纪香依旧望着远方，回转过头，才发现折翼闭着眼，也许他睡着了。

“想好了吗？”低沉的声音飘荡在空气里。

“嗯！”纪香想了好久，突然好想回那个生长大的地方。

“嗯，如果你想回去就回去吧！”声音依旧很轻，折翼依旧闭着双眼。

那天下午纪香和折翼在草坪上坐了一个下午，谁也没有说话，只是静静地聆听着风的声音。

“雨桐，你弄好了吗？”雨豪站在房门前问着在自己房里忙着的雨桐。

“嗯，好了！”雨桐整了整自己的衣服，拉开了门，“走吧！”

“阿姨看见你这样，一定又会说我们雨桐怎么又瘦了一大圈啊！”坐在车上，雨豪嬉笑地说着。

“我哪有啊！”面对哥哥的说法，雨桐不高兴地把嘴噘得老高。

“呵呵！”雨豪开心地笑着。

“哥，你开快点啦！要不我们就赶不上接阿姨的飞机了。”雨桐催了催身旁的哥哥！

“喂喂！是谁刚才慢得要死啊！现在你还在这里催我。”雨桐好气又好笑地说。

雨桐吐了吐舌头，乖乖地闭上了嘴！

在机场的候机楼，雨桐来回跺着脚，好久没见阿姨了，不知道她变什么样了。

一个颇有气质的贵妇出现在了雨桐和雨豪的面前。

“阿姨！”雨桐开心地跑上前抱住了她，“阿姨，我好想你哦！”

“阿姨也想我的宝贝雨桐啊！”贵妇也同样笑着环抱住了雨桐，“雨桐怎么又变瘦了啊！”阿姨稍稍皱了下眉。

雨桐吐了吐舌头。

“阿姨，欢迎回国！”雨豪走上前对阿姨说。

“嗯！”阿姨也同样走上前去给了雨豪一个拥抱。

“我们回家说吧！”说着雨豪接过了阿姨手上的行李，“阿姨这次回来就住家里吧！别再住酒店了。”雨豪笑着跟阿姨说着。

“是啊，是啊！家里那么大，阿姨，你就和我们一起住吧！”

雨桐紧搂着阿姨的胳膊说。

“好，好，好！”阿姨开心地笑着答应了他们的请求。

上了车，阿姨像想到了什么，对着驾驶席上的雨豪说：“雨豪，我们先不回家，我想去看看旭日。”

“好！”雨豪转动着方向盘，车子打了个弯。

看着照片上那个脸上永远都挂着阳光般笑容的男孩，阿姨不由得一次又一次地抚摸着照片上的人。一束洁白的海芋放在了旭日的墓前。

“旭日，对不起现在才回来看你，你有没有生妈妈的气啊！”阿姨温和地问着旭日。

“旭日永远都不会生气，因为旭日知道他的妈妈是那么爱他，他也只能抱歉，因为他不能再继续留在你的身边陪着你！”雨桐静静地说着，仿佛那不再是她的声音，而是来自天国的旭日的声音。

谁也没有说话，只是都安静地待在旭日的坟前。雨豪来到雨桐身边，在她的肩上拍了拍。雨桐回转过头给了雨豪一个微笑，仿佛在说：“哥，我没事，不用担心！”

“走吧，我们回家。”阿姨的话拉回了雨桐和雨豪的思绪。

晚饭似乎吃得很愉快，阿姨跟他们说了好多她在异国他乡的一些趣事。

晚饭后大家一起窝在沙发里看电视，“雨桐，有没有交男朋友啊？”阿姨突如其来的问题使雨桐脸上的笑容僵硬了。

“看你这样子就知道没有啦！雨桐，旭日都走那么久了，你应该为你自己的未来打算一下了。虽然这辈子我失去了你这么好的一个媳妇，但是你可以做我的干女儿啊！如果旭日在，他也不希望看见这样的你，他要的是你幸福！”阿姨语重心长地说着。

“阿姨，我……”雨桐才发现不知该怎样来回答阿姨的话。

“别我了，你的心思我还不懂吗？”阿姨握着雨桐的手，“雨桐，不要再固执了，那样旭日看到了也不会开心啊！去找一个爱你的人，去开始你新的生活，你已经为旭日停留很久了。这辈子，旭日能陪你走过的日子是他最开心的，这也是他为什么总是脸上挂满笑容的原因。我记得旭日跟我说过，有你就好像他拥有了全世界一样。旭日喜欢看你的笑，他说他要你幸福地生活下去，就算这个世界上不会再有他了……”阿姨像是在回忆着什么，她的声音轻轻柔柔的。

泪水早已沾湿了雨桐的脸颊，旭日，为什么就算你爱得那么深却一次都没有对我说过喜欢呢？为什么那么傻？不是所有的人都希望自己爱的人会爱自己一辈子，不管天堂地狱。可是你却只要我幸福吗？我已经不会幸福了啊！这个世界上不会再有人像你那样给我幸福了，难道你不懂吗？

“雨桐。”看着雨桐又在发呆的样子，让阿姨的心不由得揪了一下，阿姨把雨桐搂在了怀里。

“我没事。”雨桐给了阿姨和哥一个镇定的笑容。

“很晚了，都回房休息吧！明天还要布置一下会场。”雨豪对雨桐和阿姨说。

“嗯，晚安！”雨桐说着起身向自己的房间走去。

“晚安！”阿姨看着雨桐离开的背影，心里还是隐约在痛，雨桐和旭日一样，一样是一个让人揪心的孩子。

雨桐回到自己的房间关上门，自己也一同靠到了门板上，抬头望着花白的天花板，缓慢地闭上眼，压着那些滚烫的情绪，良久，才缓慢地移动着自己的步伐向床边走去。

“雨桐，你给我们的是什么啊？”砾子和温温看着手上的请柬。

“你不是说过你喜欢旭日的钢琴吗？那是旭日钢琴纪念会的邀请函。”雨桐依旧整理着课桌上的东西。

“真的啊！哇！”砾子的尖叫声真是一点都没变。

“你小声一点可不可以啊！我耳膜都要破了。”雨桐不由得翻了个白眼。这小妮子要什么时候才能改改她这个奇怪的毛病啊！

“我太兴奋了嘛！雨桐，那天是不是会有很多人来参加啊？”砾子压低了点嗓音。

“嗯，很多乐界的名流和一些朋友都会来。”雨桐慢慢地说着。

“哦，那我岂不是可以见到很多我的偶像啊！雨桐，真是太谢谢你了。”砾子搂着雨桐的脖子，在雨桐的脸上亲了一下。

“好了啦！我快恶心死了。”雨桐苦笑着对砾子说。

“雨桐，外面有人找你。”一个同学走过来对雨桐说。

“好，我知道了，谢谢！”雨桐点头向那位同学致谢。

跟砾子说了几句，雨桐走出了教室。

“纪香！”雨桐惊讶地看着眼前的人。

纪香给了雨桐一个甜甜的笑容，那种打从心底里的笑，给人友好、舒适的感觉。

“你的身体好点了吗？”雨桐关心地问。

“嗯，已经没事了。”纪香点点头。

“我可以跟你说几句话吗？”纪香小心翼翼地问。

“嗯！当然可以。”雨桐点头微笑地回答纪香。

她们一起坐在了学校旁边的小咖啡馆里。

“首先我要为那天的冲动跟你道歉，对不起。还有我哥的话只是一时气话，你不要放在心上。”纪香的手不停地搅着杯里的咖啡。

“他很紧张你。”雨桐缓慢地说着。

“那是因为我的身体不好，从小就不好，所以我哥才特别紧张。不是你所想的那样。”纪香忙解释着。

“我没有怎么想。”嘴角扯过一丝浅笑，也许连雨桐自己都不知道自己到底是怎么想的。

“不管怎样，可以再原谅他吗？我哥永远都是个有口无心的人。可能就是因为长期以来他太过于独来独往，也习惯了那种对凡事都抱着淡漠的态度，所以当他看见我生病时才会筑起他的保护网，可是却在无形中伤到了你。”纪香认真地解释着，也代表折翼向雨桐道歉。

“没有什么原谅不原谅了。起初是我要他不要放弃钢琴，也是那样固执地走进了一处原本不属于我的世界，也连累了你。”雨桐抱歉地看着纪香，嘴角浅浅地轻扯了一下。

“你不需要道歉，我相信如果还有一次选择的机会，我哥依旧会选择走今天的路。你改变了他的世界，也许这就是他找到阳光的地方，是值得他停留一生的地方了。船再怎么漂泊，也有想要靠岸的一天，而你就是他的彼岸。”纪香面带微笑地说着。

“可是我……”雨桐才发现一些堵在心口的话，她还是没办法开口。

“就算没有你，我哥也不会爱我，我只是妹妹，这个我懂！所以不要责怪你，这不是你的错。其实今天来还有一个原因是我来跟你道别的。”纪香喝了口手里的咖啡，姿势优美得就像一个高高在上的女王，让人不能亵渎。

“你要去哪里？”知道这是个不该雨桐问的问题，可是嘴永远都快于脑，她还是问了。

“我要回日本了。”纪香轻轻地吐了口气，“那里是我的家，我想回那个生我养我的地方，那个有樱花的地方。”纪香的嘴角露出一丝浅笑。

“什么时候走？”雨桐轻声地问。

“明天的飞机。”纪香的声音依旧很轻。

“我可能不能去送你了，明天我有很重要的事要做。”雨桐满脸歉意地看着纪香。

“没关系。”纪香没有半点责备的意思，依旧笑着和雨桐说。

“一路顺风！”雨桐在这里为纪香送别。

“嗯！谢谢！”结了账，纪香起身准备离开，走了几步像突然想到什么，她转过头对还坐在原地的雨桐说，“谢雨桐，你知不知道，我以前真的很讨厌你，但是我现在真的很想跟你交个朋友，你会不会接受？”纪香认真地问着雨桐。

“嗯，我接受！”雨桐露出了大大的笑脸。

“还有可不可以麻烦你帮我看着我哥，只要在远处看着他过得好不好就好，拜托了！”说完纪香用标准式的日本礼仪向雨桐表示了恳求与谢意，“有空来日本玩，有机会我也会回来看你的。”纪香的嘴角再一次扯开了点。

“嗯，再见！”雨桐轻声地说。

机场无时无刻不在上演着各种各样的故事，也许是离别，也许是重逢，也许是擦肩而过的美丽邂逅……

同样在机场的某个地方也正上演着这么一幕。

“哥，你放心啦！我会照顾自己啦！”纪香看着折翼叮嘱她的样子，嘴角的笑不经意间又扩大些。这个样子的折翼真有点像人们口中的“欧吉桑”，不知道要是这个样子的折翼被认识他的人看见会是什么样的结果。不过这也算几十年难得一见的异事了，那就当六月飞雪呗！

“嗯！一路顺风。”折翼也发现今天自己的话好像变得特别多，不由得干咳了几声。

“请开往东京 XXX 班航班的客人，前往二号闸口准备登机。”

“这次是真的要走了，哥，你不是还要参加你朋友的纪念会吗？还不快去，要迟到了哦！”纪香微笑着说。

纪香走到Jame身边，“来这么久了，不打算跟我说些什么吗？我马上要上飞机了。”纪香的嘴角露出一个甜甜的笑。

“还记不记得樱花飘洒的日子，日本街头黄昏的景色？”Jame 没由来的一句话让纪香愣了愣。

“好了！”Jame 把纪香紧紧地搂在怀里，然后轻轻地放开，在纪香的眉肩留下了一吻，“顺风！”

纪香笑着对他们摇手说再见。望着纪香的消失背影，“走吧！”折翼拍了拍Jame 的肩。

“折翼还没来吗？”雨豪来到雨桐身后轻声地问。

“嗯，今天纪香回日本了，他去送机可能晚点到。”雨桐轻声地回答着雨豪的问题。

“嗯，先忙你的吧！我去招呼客人。”说着雨豪穿梭在了人群中。

今天的客人很多，很多知名的音乐人士都来到了这里，当然也有一些旭日的朋友和他的乐迷，记者……

雨桐今天穿着一件淡紫色的洋装，看起来多了一丝腼腆，宁静，却像一个让人无法触摸的精灵，感觉就像她不该属于这个世界，就算站在人群面前，都像有一段好远好远的距离隔在中间。

“雨桐，你今天好漂亮哦！”砾子和温温一起来到了雨桐身边，温温给了雨桐一个暖和的微笑。

看见好友的到来，雨桐停下了欲将迈出的步伐，“你们来了啊！”脸上依旧是那抹淡淡的笑。

“雨桐过来这边一下。”雨桐随着声源望过去，对上的是哥哥温和的笑脸。

“你们先自己到处看看，我忙完事就过来找你们。”雨桐看向砾子和温温，眼里满是抱歉。

“没事，去吧！我们自己活动就好了。”砾子拍着雨桐的肩说，温温也给雨桐露出了笑脸。

突然人群有一些骚动，大家纷纷向门口望去……

是折翼，他的脸上挂着一丝笑容，那分明是专业式的微笑，有着若即若离的感觉。

咔咔咔，灯光闪得人眼花缭乱，记者快速地按着自己手中的快门键。跟在折翼身后同样俊美的男子，是Jame，那个雨桐曾经见过的折翼的朋友。

折翼，这个乐界的新星，但是在那场音乐会后，就再也没有露过面，从此他像空气一样消失在了人们眼中。一向不喜欢参加任何活动的他，今天却出现在了这里，让不少人颇为震惊。当然今天的这个聚会，记者们不容自己错过任何一个完美的镜头。

柔和的钢琴声飘荡在空气里，这是旭日自己写得一首曲子，他说里面包含着的是幸福，也是旭日准备的参赛曲。雨桐记得那个时候旭日总是一遍一遍地弹着，脸上依旧是和煦的笑容，幸福包围着每一个人。由于好玩，雨桐把旭日的这首钢琴曲录了下来，但她怎么也没想到，旭日永远也不会再把这首曲子演奏给听众了。动人的小提琴声震撼了人们，这钢琴曲里面怎么会夹杂着这么动人的小提琴呢？好美的曲子，配合完美，真是应了那句“此曲只应天上有，人间哪能几回听”。

小提琴，可能永远也无法再演奏出来了吧！雨桐站在人群里静静地听着。

许多乐界的大师都被沉浸在了其中，这么幸福的曲子为什么他们都没听过。虽然只是通过扩音器播放出来，但也足以让人临境其中。要是能亲身地听本人演奏一次，那也真是此生无悔了。

“Jason，我能见见作这首曲子的人吗？”一位乐坛的老教授问起雨豪。这是他在乐界这么多年，也参加过无数知名国际音乐大师的创作和演奏，却是第一次为一个人震惊。

雨豪微微地笑了一下，向教授点了一下头转身走上了步台。

“各位，很高兴你们从百忙之中抽出时间来参加旭日的钢琴纪念会，谢谢你们。”雨豪柔和的声音配合着一首首旭日曾弹过的曲子飘荡在每一个角落里。大家都安静地聆听着。

“我想大家一定很吃惊刚才你们所听到的曲子，也想知道那是谁的作品。”稍稍停顿了一下，雨豪继续说着，“其实那首曲子是旭日为他生命中一个很重要的人写的。旭日想和那个女孩子一起，用他的生命来演奏这首曲子。

旭日想在两年前的那场钢琴大赛上当着全世界的人演奏给那个女孩听，旭日说他不在乎拿奖，他只想告诉那个女孩子他的心。雨豪像在回忆着什么，脸上不自觉地泛出淡淡的笑，突然他的脸色变得沉重起来，“可是，钢琴大赛那天，在街头，旭日为救一个在马路中央玩耍的小孩，被魔鬼带走了生命，小孩得救了……这首曲子他也永远无法演奏给世人听了。”雨豪的声音有些哽咽。

折翼认真地听着，他的嘴角不时显露出一丝淡笑。这样的曲子暖进了折翼的心里。

“小子，我输了！”折翼的话很轻，淹没在了钢琴曲里。可还是听在了站在他旁边的Jame的耳里。他用手轻拍了下折翼的肩。

所有人的眼眶里或多或少微微湿润，为旭日的感情，为乐界失去这么一位这么有才华的人感到惋惜。

雨桐的泪再也忍不住滑过了眼角，无声地滑落了。旭日到底为她做了多少她不知道的事。雨桐还清楚地记得旭日走的那天说过的话：“雨桐，如果可以，或者有一天你见到了他，把那首曲子交给他，记着……听他把那首曲子……演奏完，然后来告诉我好不好……”那个时候的她早已泣不成声，只能一个劲儿地拼命点这头。

雨桐一直以为那是旭日像往常一样为别人写的曲子，可是……甚至到了今天，雨桐都不知道为什么旭日要她把曲子交给折翼。

哀伤的音乐随着空气流入雨桐的耳里，令雨桐停止了思考，抬头寻找声源。

是折翼，他正坐在褐色的三角钢琴旁安静地弹着钢琴，眼神不再是以往的冰凉，有了淡淡的柔和，就像不小心坠落到人间的天使，弹奏着属于他自己忧伤的音乐。

又是一阵骚动，记者们又纷纷按下了快门。螺旋似的楼梯上缓缓走下了一个气质优雅、美丽动人的妇人。这里有一半以上的人都微张着嘴。她不是别人，她是已经消失在乐界多年的音乐教母“月神”。很奇怪的名字，可是她却是亚洲第一个踏进“红潮”演奏的人，她的年龄与外貌震惊了全世界。可是在她事业达到顶峰的时候，她却悄然无声地消失了。没有人知道原因，也没有人知道她去向何处。

她的脸上绽放着柔和的笑容。“很感谢大家来参加我儿子的钢琴纪念会。”声音柔柔的，却让每一个人都震惊其中，“儿子！”原来她结婚了，原来那个俊美的，在乐界算天才少年的旭日是她的儿子……

折翼缓缓地抬起头，在他看见贵妇的脸的那一刻，他的大脑像停止运转，同时也停下了手中的动作……

他慢慢地离开钢琴，机械式地来到贵妇身前，直直地盯着她，眼里有些冲动。“记得我吗？”声音很轻，他像是在对自己说。

“啊？”贵妇没听见，看着折翼满怀期待的眼，她顿时有种心痛的感觉，“你是？”脑海里快速地闪现过一些画面，来不及抓住又消失了。

“不记得了吗？为什么你不记得我了。”折翼低喃的声音太轻，连他自己都快没办法听到了。

看着折翼失去光彩的眼，贵妇的心不禁开始下沉，她可以清楚地肯定，她遗忘了一部分很重要的东西，可是现在她的脑子太混乱。

“折翼。”雨桐来到折翼身边，轻轻地扯了扯他的衣角。雨桐的眼里写满了担心。

“没……我没事。”折翼转过脸，努力让自己恢复正常，“对不起，我有点不舒服，先走了。”说完他转身向门外走去。Jame 对雨桐轻笑了一下，示意雨桐不要担心，随后也跟着折翼走了出去。

起初看到贵妇时，Jame 就有一种好像在哪里见过的感觉。但是不管 Jame 怎么努力回忆，就是想不起来到底在哪里见过。

看着折翼奇怪的举动，Jame 心里的那个疑问慢慢地清晰开来。她真的跟记忆里那个模糊的人很像。

折翼一步步慢慢地向前移动着，耳边是嗡嗡的回声，脑海里的画面开始慢慢地清晰，也有了一定的声音。

一个漂亮的女人手上拿着一个可爱的洋娃娃，开心地对着几步外的小孩招手，笑容爬满她的脸。刚学会走路的小孩东倒西歪地向女人走去，脸上时不时地露出可爱的笑，快要到达了，他猛地一下把自己扔进女人怀里，开心地咯咯直笑，拿着洋娃娃，嘴里还时不时地说出几个还不是太清楚的单词，“妈……妈……”

第十一章　对不起，我爱你

天空似乎特别喜欢飘雨，是不是它也知道我的心痛……

酒吧的空气似乎永远都这么沉闷，可是就算再怎么闷，它也比不过折翼现在的心情。

“翼，别再喝了。”Jame 拿过折翼手中的酒瓶。

“她不记得我了，为什么我还记得她，她却忘了我？”折翼轻声地低喃了句。

折翼努力地仰起自己的头，“你听到了吗？她说谢谢你们来参加我儿子的钢琴纪念会。”折翼的嘴角不禁扯开一丝冷笑，“好讽刺，旭日竟然是我弟弟。”折翼尽情地大笑起来，笑到眼泪顺着眼角滑落下来。

那个他念了好久的女人，他好想问问她当初为什么可以放下他离开？为什么不回来看看他？就真的那么不喜欢他吗？

空气太沉闷，压得折翼快喘不过气了。

“雨桐，今天那个男孩？”阿姨像想到了什么，问坐在一旁的雨桐，“他……”想问点什么却又不知道到底该问什么，欲言又止。

“哦！他是旭日的朋友，也是弹钢琴的，他叫折翼。”雨桐看出了阿姨的疑问，自顾自地说了起来。

大脑像被什么击中了一样，“雨桐，你说……说他叫什么？”阿姨激动地抓着雨桐的胳膊。

“我说，他叫折翼啊！怎么了？”阿姨的表情越来越奇怪，使得雨桐也越来越担心，“阿姨你是不是哪里不舒服啊？”雨桐焦急地问。

阿姨的手慢慢地从雨桐的胳膊上滑下，她的脸色慢慢地从焦急变得平静，可是却平静得可怕，就好像想到了什么，一直一直望着一个方向发呆。

“阿姨坐了一个下午了。”这是雨桐拨通雨豪的电话说的第一句话，“哥，你快回来啊！阿姨她，她再这样下去……”雨桐不敢想下去，她只是一味地催着雨豪，在确定雨豪说马上回家后，雨桐才挂了电话。

一个下午，不管雨桐怎么叫阿姨，她就像没有听到一样，一直坐在那里，久到让雨桐以为她连眉毛都没动一下。雨桐从来没有见过这样的阿姨，就算是旭日走的时候，阿姨伤心过度也不是这个样子啊！

好不容易盼到了雨豪回来。雨桐迅速地拉着雨豪来到了沙发前，问着雨豪要怎么办，是不是要带阿姨去看医生。他们都很担心，担心这样的她会出什么事。

雨豪给了雨桐一个放心的眼神，叫她不用担心，阿姨只是在想一些事或者在回想一些什么。

这是雨豪第二次见到这种表情，当然第一次是旭日走时，他在雨桐身上看到的。他不喜欢看到这样的表情。雨桐用这样的表情的时候放弃了音乐，整个人也消瘦了好多。现在阿姨……

雨豪不愿再想下去，他轻轻地坐在阿姨身边，轻声地呼唤着她。

过了好久，终于阿姨有了一点反应，她眼里的泪水慢慢地滑落了下来。她的泪揪痛了雨豪和雨桐的心。

“雨桐，你带我去找折翼好不好？”阿姨扯着雨桐的衣角激动地说。

雨桐一脸茫然地看着阿姨，但是她没有拒绝，只是轻微地点了一下头。

雨桐带着阿姨来到了折翼住的楼下。“他就住这里。”雨桐望着那个禁闭的窗户说。

“嗯。”阿姨深呼吸了口气，“我们上去吧！”阿姨的话很轻，语气微微颤抖。

按了门铃，却没有人来应门。雨桐抱歉地对阿姨笑笑，“可能他还没回来。”

“没关系，我们下去等他好了。”听到阿姨坚定的话语，雨桐点了点头。

时间一分一秒地流走，直到傍晚，折翼还是没有回来。

“雨桐，我们先回去吧！”阿姨茫然地扯动着嘴角。看着阿姨失落的表情，雨桐还是不懂得如何安慰，她只能轻轻地点点头。

看着阿姨失落地站在窗前，雨桐的心里难受得厉害，想问阿姨到底怎么了，但每次看见她的脸，哽在嘴里的话又被活生生地咽了进去。

晚上翻来覆去地睡不着，阿姨的侧脸总是一次次地在雨桐的脑海里出现。终于，雨桐还是拨通了那个熟悉的电话号码。

“嘟……嘟……”几声等候声就像过了几世纪那么久，让雨桐的心变得焦急不安起来。

“喂。”通了，电话那头传来了低沉的声音。

“折翼，是我，雨桐。明天你有空吗？”雨桐轻声地问着，害怕声音大那么一点就会……其实连她自己也没弄明白自己在担心什么，可是就有那么一种感觉，一种不能触碰某物的感觉，也许在他们的心里都设了一条线，只要不跨越，不触摸，也许那样他们就还能像朋友那样生活。

“嗯，有事吗？”折翼的声音依旧很轻。

“也没什么，就想找你出来见见面。”不知道为什么雨桐总有一种感觉，如果提到阿姨，折翼就一定不会出来，很奇怪但也如此强烈，害她把原本要说的话吞了回去，换成了另一种说法。

“嗯，好！”折翼的声音轻轻的。

“那，就在小公园见面吧！明天早上九点，我在那里等你。晚安！”收了线，雨桐的心中却有一种说不出的压抑感，甩甩头，还是睡吧！

“阿姨，今天我们去见折翼吧！”饭桌上，雨桐对着一脸无食欲的阿姨说。

“他愿意见我吗？”阿姨认真地问着雨桐。

“我约了他九点在小公园见面，到时候再说吧！”雨桐微笑着对阿姨说。

时间还很早，雨桐就跟阿姨来到了小公园，阿姨给了雨桐一个温和的笑容。但雨桐看得出来现在的阿姨很紧张，可能比她以往参加任何一场比赛或者演奏会都还紧张百倍吧!

时间慢慢地流逝着，时间越近，阿姨脸上的表情就越紧张，虽然她努力让自己看起来镇静一点。

折翼慢慢地移动着自己的脚步，原本脸上的笑容僵硬了，折翼看见了那个他现在不想见的人。

“你怎么会在这里?”冰凉的声音，让人为之一颤。

“我……”看着他，阿姨激动得说不出话来。

“是我带阿姨来的！她说，她想见你。”雨桐小心翼翼地说着。

“为什么不事先告诉我她会在这里。”折翼用冰凉的目光看向雨桐。让原本还想说些什么的雨桐，在与他目光相撞的一刹那，一切语言在折翼冰凉的目光下化为乌有。

说完，折翼什么也没说转身向出口走去。

“折翼，是我！我是妈妈啊！”望着折翼的背影，阿姨说出了哽在喉咙的话。

雨桐和折翼都被阿姨突如其来的话语震在原地不能动弹。

妈妈，阿姨在说什么？妈妈，阿姨是折翼的母亲吗？那，那……折翼和旭日是兄弟。雨桐被自己听的话愣住了，大脑久久不能反应过来。

旭日是不是就是因为这个，所以才对折翼格外好。你才那么在乎他的一举一动，一言一笑。你才会说只要看见折翼笑，看见折翼开心得过每一天你就满足了……是因为这个吗？只是因为折翼是你的哥哥？那为什么你不告诉我呢！你知不知道，为了这个我曾经还错怪了你。为什么不早点告诉我呢？雨桐的心不由得向下沉了点。旭日，对不起，我没能做到你心里面那个完美的雨桐，我还……你还会原谅我，还会接受我吗？雨桐在心底默念着。

折翼久久地愣在原地。他慢慢地转过头，嘴角扯过一丝冷笑，“妈妈？小时候我跌倒的时候你在哪里？别的小孩子被妈妈抱在怀里的时候，你在哪里……没有妈妈我依旧可以过得很好，我不需要妈妈。”折翼的话太过冰冷，冰冷到可以冻结人的心。

“不，不是你想的那样，我没有不要你啊！”阿姨哀伤地看向折翼，“你听我说啊？”恳求的眼神直直地射向折翼。

折翼偏转过头，不让自己有机会去触碰那抹目光。是害怕，折翼知道那是害怕，他害怕多看她几眼，看见她眼眸深处的感情，自己坚持了那么久的感情就塌陷了。如果那样，他愿意选择最残酷的方式来伤害。

可是在内心深处，只有折翼自己知道是多么渴望她的怀抱。好多次，他都梦到自己可以安稳地躺在她的怀里，可是每次梦醒来，看着空空的房间，那种孤独的感觉总能把他吞噬掉，让他只能蜷缩在角落里，告诉自己就算没有妈妈疼，他也可以过得很好，他不需要爱……

“我不想听！这么多年不是一个解释就够了。”声音依旧冰冷，折翼没有转过头，留下了一句话转身离开了。

“要怎样你才会原谅我？”阿姨望着折翼的背影问。

没有回答，折翼什么也没留下，离开了。

“为什么连给我一个解释的机会都不行呢？”阿姨低声地喃喃着，身体就好像一下子失去了平衡，雨桐快步上前搂住了阿姨的身子，才发现阿姨一下子老了好多。

阿姨把头埋得好低，眼泪无声地滑落着。

雨桐什么也不能做，只能静静地站在阿姨的身边，把肩膀给她依靠。

翻来覆去还是睡不着。想到折翼冰冷的脸，雨桐不禁打了个寒战，折翼，你又回到了以前吗？雨桐拿出手机不停地拨着那个熟悉的电话号码。

“嘟……嘟……嘟……”

等待的语音声让雨桐的心直直下沉，“接电话啊！”雨桐轻声地低喃着，语气里包含的满是无奈。

一遍一遍地拨打着那个电话，可是响应她的依旧只有语音。

不死心的，雨桐还是接二连三地拨着那个号码，在她内心深处还是抱着那么一点小小的希望，希望折翼可以接通电话听她的解释，要折翼听阿姨的解释。可是好像事实总是这样，希望越大，失望就越大。

雨桐不知道自己拨打了多少次那个号码，直到语音提示告诉她机主已关机。雨桐机械式地放下手中的电话，她呆呆地坐在床上，望向窗外漆黑的夜空……脑海里什么也没有……

夜，漆黑，吞噬着人们的心。

雨桐的来电让折翼不敢伸手触摸。他比任何人都清楚自己是多么想要听到她的声音……每次伸到半空中的手，心底那个呼喊的声音会让他艰难地把手收回来。

是啊！他在害怕，害怕她要他去面对，害怕面对她自己会妥协，输得体无完肤，也害怕自己在意识混乱之下说出一些令他后悔一辈子的话。那样他们的生活是不是就真的一点交集都没有了，想到这里，折翼的心就像被坚硬的刀子划了几下，留着长长的口子……

折翼强迫自己关了手机，起身来到窗前，冰凉的晚风吹动着折翼的耳发，他把自己留给了漆黑的夜……

雨桐不知道自己到底是怎么了，心里空荡荡的。想到折翼离开时那冰冷的目光，他又回到以前那个什么都可以不在乎的折翼了吗?

雨桐只知道她现在一定要见到折翼。

雨桐不停地给折翼的手机里传简讯，希望他开机时就可以看到，脑海里不停地闪现着这段时间她和折翼发生的种种。现在连她自己都不知道和折翼认识到底是对还是错……应该是错的吧！如果不认识她，他就不会发生这么多事，可能依旧过着他平静的生活。是雨桐的闯入给折翼带来不必要的麻烦，打乱了他的世界，也打乱了自己的世界。

一切都是她惹起的，该把折翼放回原来的世界里，让折翼回到认识雨桐之前，也许那样折翼可以过得好一点……

一路上都想着事，等雨桐停下脚步抬起头时，才发现自己早已在不自觉中来到折翼住的楼下。楼上没有灯，黑漆漆的，可能折翼已经睡下了。

夜晚的风好像总是特别凉，雨桐站在折翼的楼下，不禁缩了缩脖子，跺着脚，双手抱着的胳膊不停地摩擦着，好像那样就可以驱除寒冷。

天空开始渐渐地泛着点光亮，站了一晚的雨桐像一支快要结冰的棒冰一样。她忘了移动，只是望着微微泛白的天空发呆。

折翼一夜翻来覆去也没睡好，直到天空已有微微的光亮，他才想起看看时间，拿起手机开了机，满满一信箱的未读信息。折翼迟疑了一下，还是按下了阅读键。

“折翼，是我雨桐，对不起，我不是故意要那样的。阿姨她真的好想你，她没有遗忘过你，要不她就不会那么痛苦了，你可不可以给她一次机会，好好地听她说说话。”

“折翼，我知道是我不对，对不起。”

“折翼，阿姨她真的没做错什么，你不能就这样贸然判她死罪啊！”

“对不起，如果不是我闯进了你的世界，也许现在的你可以过得快乐一点。如果还你平静的生活你会开心一点，那么我会做到。可是你可不可以好好的，给你自己一次机会，也给阿姨一个机会。我相信天底下没有一个母亲不疼自己的孩子……我的母亲很早就不在了，所以不要让自己后悔，给自己一次重生的机会好吗？”

“对不起……”

“对不起……对不起……对不起……对不起……”

“我知道道歉没有用，可是还是对不起……”

……

折翼翻着手中的手机，他没有办法再往下看一条了，每看一条他的心就下沉一点，慌乱地合上手机，随意地拿起沙发上的外套，匆忙向外走去，那个笨女孩，她是不是又一晚没睡，她……

刚下楼，那个纤细的身影让折翼的眼珠不能再动弹，迅速地走上前，把雨桐拉进了自己的怀里。

冰凉的体温让折翼的手愣了一下，随即他又加重了手上的力度，像要把雨桐的整个身体融进他的骨子里。

雨桐冰凉的身体让折翼的心刺痛了一下，一个疑问闪现在了脑海里，她在这里站了多久。幸好这里不是北方，要不现在的她早已成为棒冰了。可是这里的冬季，夜晚也冷得可怕啊！

“为什么那么傻？生病了怎么办？”折翼轻声地低喃着。

突如其来的温度，让雨桐暂时还没能缓过神来。渐渐地，有了一丝暖和，就像阳光照进了她的心田，温暖了她。可是她可以清楚地感觉到那不是阳光，慢慢地拉回自己的意识。熟悉的体温让雨桐知道她在折翼的怀里，就像一个避风港告诉她不孤单，给她阳光与温暖……

曾几何时雨桐也有过这么一个强有力的臂弯，为她遮挡风雨，让她快乐的生活……闭着眼，雨桐告诉自己不可以再想了，缓缓地睁开眼。

“对不起，我……”雨桐试图说点什么。

“不要再说了，我什么都答应你。只要你好好的，好好的……”折翼努力压着心底的痛，他真的不敢想下去，如果他不出来呢？她是不是就准备这样一直等下去，这样的她，他拿什么来放下……

第十二章　原谅

晴朗的午后，折翼站在旭日的墓前说："我想照顾她……"

"阿姨，你看谁来了！"还没进门，雨桐兴奋的声音就充满了整间屋子。

听到雨桐的声音，阿姨匆忙跑出来。一大早起来就没在雨桐的房间里看见她的人，雨豪出去时她以为雨桐还在睡觉。空荡荡的房间里好像也告诉了她，雨桐像一整晚都没在家。想到这，她的心里就满是担心。这孩子平时不会这样啊，她总是乖巧听话到不让任何人担心。她去了哪里，会不会出什么事，一些奇怪的想法涌上心头。她想跑出去找她，可是好久没回这里，好多地方都不熟，又不知道该去哪里找，又担心在寻找的路途中，她已经回家了。所以她只能在家里来回踱步，心急却又不知如何是好。

"雨桐，你跑哪去了？"阿姨匆忙走出来，心急如焚地问着雨桐，手摸着她的胳膊，冰凉的寒意传入她的手心，让她的手为之颤了一下，"你怎么这么凉，着凉了吗？快点进来。"阿姨迅速抓着雨桐的胳膊把她拉进屋里，"我去给你拿件衣服。"

她皱了皱眉说着，脸上写满了担心。

显然阿姨太过专注了，没有发现站在门口的折翼。雨桐拉着折翼的手，把他拉进了屋里。

“阿姨，你看谁来了。”雨桐拉住了正准备转身去帮她拿外套的阿姨的手。

这时，阿姨像发现了什么，慢慢地抬起头。在看见折翼那张俊美的脸颊时，她直直地愣在原地，也忘了刚要说出口的话。

心里的感情剧烈地翻滚着，阿姨努力克制着想要走过去抚摸折翼脸的冲动。

“我去给你们倒点喝的。”阿姨匆忙转过身，努力让自己镇定一点。

雨桐急忙抓住了阿姨的手，“阿姨，我去吧！你们谈谈。”雨桐认真地对阿姨说，脸上是柔和的笑。

雨桐向厨房走去，把空间留给了折翼和阿姨。

“你坐。”阿姨小心翼翼地对折翼说。

折翼坐在了一旁的沙发上，他看着阿姨，良久，终于找到了自己的声音，“你也坐吧。”声音虽然很轻，但还是听在了阿姨的耳里。

“折翼，我……昨天对不起。”她小心翼翼地说着，想到折翼那张冰冷的脸，心就被隐隐地刺痛着。

空气像静止了一样，沉默，压得人快喘不过气来。

“你昨天说……你……想要跟我说什么啊！”过了好久，折翼终于把那句哽了好久的话说了出来。

“你……愿意听我说了吗？”阿姨问得很轻，生怕自己的一个不小心，让两人之间又……

“要说什么你说吧！”折翼起身走到了窗前，看着窗外的景色。冬天了，树梢上也留下了维持不多的几片枯叶，风一拂过，像蝴蝶一样满天满地飞舞着。

阿姨望着折翼的背影，又慢慢地低下了头，像是在回忆着往事，“我真的没有不要你。”声音很低却掩饰不住话语中的激动。

“那告诉我，为什么无声无息地离开？为什么这么多年你都没有回来看过我？是不是早就把我遗忘了？我只是一个多余的……”声音越来越冰冷，越来越低沉。

“不是，不是那样的！”阿姨缓慢地说着，认真的样子像是在把尘封已久的往事慢慢地整理出来。

“我二十岁的时候，跟你们一样有着一颗渴望放飞的心，只是与常人不同的是，那个时候我已经是乐坛一颗很亮的新星，有一个很棒的家庭，就是你外公家是贵族。在很多同龄人的眼里，他们都羡慕我，不管是家庭背景还是事业，我都比常人好得太多。可是我并不喜欢这样，我想到世界各地去走走，我想去做我喜欢的事。可在那个时候是不被允许的。

“我二十三岁的时候，在‘红潮’开了演奏会，那个时候我以为我可以去找我的天空了。可是我父亲却在那个时候逼着我去相亲。

“终于我按捺不住那种像小鸟一样的生活，我选择了逃离。像很多流浪者一样，我收拾了极少的一点行李选择了过我自己的生活……

“外面的世界永远都没有自己想得那么好过。我的父亲为了逼我回去，冻结了我所有的账号。我不能出去演奏挣钱，因为那样他就会发现我的行踪。为了不低头，我跑去做我以前从没做过的工作，就因为以前几乎没有做过，所以终于在一个午后我晕倒在了回家的路上，那也是我第一次遇见你的父亲。

“是你的父亲路过发现了昏迷不醒的我，并把我带回了家。”

阿姨的脸上露出淡淡的笑，柔柔的，满是幸福。

“你父亲把我照顾得无微不至。每天他都会早早下班，那时候他的事业才刚起步，忙得不可开交。可是不管再忙，他都会准时回来看我。他从来都没有问过我是干什么的，也没有问过我为什么会昏倒，他总是微笑着对我说，如果我不想说就不说。

“在他的照顾下，我恢复得很快，也在不知不觉中发现自己喜欢和他在一起。当你父亲告诉我他在把我抱起的那一刻就爱上我时，我真的高兴得就像拥有了全世界一样。我紧紧地搂着他说，其实我也早就爱上他了。

“就这样，我喜欢在黄昏时站在房门前张望着那个熟悉的身影，喜欢在家忙着为他打理家事，喜欢在厨房忙出忙进，看着他脸上幸福的笑颜，心里总是暖暖的。

“为了这种幸福，我甘愿做一个最平凡最平凡的女人，放下我所有的一切，在家里做做饭，剪剪花草，带小孩，等爱人回家。偶尔可以吵吵嘴，为他把衣服烫好。有节假日一家人就出去散散心，踏踏青……那是我一直渴望的最平静的生活。的确我也过上那种平静的生活。

“折翼的出生带给家里莫大的欢愉。你父亲比以往更卖力地工作，他总是笑着说要让我们母子过上最好的生活。

“幸福常常都是那么短暂。有一段时间他回来得总是特别晚，有时候甚至是醉醺醺的回来，每次他都说在和客户谈生意。后来我越来越奇怪，就悄悄地跟他到了公司，等到他下班，跟着他走进酒家，然后看着他一直坐在那里喝酒，喝到很晚再走回家。

“我不知道要怎么办，每晚我都会跟着他到酒家，看着他喝酒，每次心就痛，我喘不过气，因为我不知道怎么帮他。只能跟着他，看着他平安地走回家。

“终于我不想再看着他每天重复着那样的生活，我还是忍不住问他到底发生了什么事。

“看着我恳求的眼神，他只能紧紧地把我拥在怀里，拼命地说着对不起，说自己没用，不能给我们安稳的生活，说他又令我担心了。

“他告诉我，他在事业上遇到了很强的阻碍，申世这一个跨国企业把他压得死死的，什么也和他抢。他就是记不起以前到底在哪里得罪过它。申世，我的心不由得漏了一拍，想不到这么多年还是被他们找到了。也许就应验了那句话，该来的始终会来。

“思索了好几天，看着你父亲渐渐憔悴下去，我的心真的难受得厉害。我知道那是他的心血，是他多年为自己打下的一片天，他把所有的精力都投入到了那里面。我真的不想看到，也害怕看到，如果有那么一天他倒下了，我不敢往后想……

“终于，在最后我还是拨通了那个在脑海里放置了好久的电话号码，趁你爸不在家时，我和你的外公在外面谈了好久。

“最终他答应了我的要求，也给我开出了我必须接受的条件。”

阿姨长长地吐了口气接着说道，“你外公开出的条件是五天内，我必须回家，接受家里的安排，一辈子不能再见他……

“那五天，我告诉自己要过上这一辈子最快乐的五天。我依旧每天做最好的饭菜在家里等他。每一天，我都可以看见他脸上的笑多增加一点……看着他抱着折翼开心的样子，有那么一秒，我希望幸福可以就这么停下来。

“晚上躺在他的怀里，他说他一定会把自己变得强大起来，不会再受任何人或事的威胁，他说有一天他一定会给申世一个很好的教训。我只能笑着对他说一定可以，因为他是那么优秀。他总喜欢亲吻着我的眉说，等我们老了的时候，不，是等折翼大了的时候，就把所有的一切都交给他，然后带着我去环游世界。老了我们就在海边买一栋房子，还可以肩并着肩坐在一起看日出日落，听海的声音，逗逗孙子……他可以搂着我的腰说，他是全世界最幸福的男人……

“听着他规划好的未来，眼眶有了一丝湿润。没有人比我更清楚我是多么渴望能和他一起过那种生活，能在老的时候还能在他的怀里看日出日落。

“五天一眨眼就过去了，我必须离开，因为我知道，如果我不离开，他的事业就一定会……我父亲一定说到做到。

“我什么也没有带走，我把折翼留在了他的身边。我想那样就算他身边没有我，他也不会太孤单。

“我父亲为我定了一门亲事，强迫我必须嫁过去……那个时候我才突然想到原来我和折翼的父亲在一起几年，却没有以他法定妻子的形式生活过。开始因为他工作忙，就觉得等他把事业忙好了再说这个，空了点时，忙着照顾你，又都把这事忘了。直到现在离开了，才想起那件事！也许上天在冥冥中就注定好了的……”

“那为什么你都没有找过他，没有回来看我？”折翼低沉的声音静静地问着。

“不是我不肯回来，而是……”阿姨接着说着她的故事。

“由于你外公的强迫，我嫁给了一个中型企业的老板。幸好，我们达成协议，因为当时他也有一个自己的爱人。因为事业需要，他不能推掉这个婚姻。不过我们双方都给自己留了很好的空间。

在外人面前我们是夫妻，私底下我们以朋友身份生活。等到了一定的时间就离婚。

“上天似乎很怜悯我，在我离开他之后竟发现我有了他的孩子，他就是旭日。我把对你们的爱都倾注在了旭日的身上。

“我一直期盼着有一天我们一家人可以团圆，可以聚在一起。可是……”阿姨停留了下，让自己变得镇定点。

深呼吸一口气，她继续说着。

“你父亲真的很优秀，他说到的，他都有做到……”

阿姨望向窗外……凉风吹动着落叶，也吹起了阿姨额间的发丝……

“他靠自己的力量站了起来，他吞并了申世。你外公在一夜间白了头，我以为我可以笑出来。

“就算你外公以前是何等的权威、霸道，可是作为女儿看着父亲一下子苍白的脸，除了心疼还是心疼。

“终于我想到了去找你的父亲，我希望他可以给你外公留条后路。可是我却忘了我是以另一个男人的太太的身份去的……

“你父亲还是给你的外公留了条后路，只是我们再也不能回到从前了……

“那种幸福可能也只有在梦里才可以完整。”阿姨的声音回荡在空气里，没有人说话，气氛可怕……良久……

“这么多年我爸都没有再结婚，他……他应该从来都没有遗忘过你吧！”折翼想起了放在父亲床头的那张旧照片，他一直，一直那么细心地保存着。

阿姨的脸上浮现一丝柔和的笑，“过了这么多年，我才发现有些事放在心底就好了，那是幸福，只属于我的幸福，谁也拿不走。”

“对不起！”低沉的声音让阿姨下意识地抬起了头。

阿姨眼里有着明显的湿润，她紧抿着自己的唇，“你？愿意原谅我了吗？”阿姨依旧小心翼翼地问。

折翼没有说话，只是一直望着远方，沉默早已代表了他的答案。突然，他好想那个顽固的老头子，虽然他们相处的机会总是少之又少，可是折翼清楚地知道他想知道的一切。折翼总是喜欢避开老头子的目光，用冰冷的眼神来回应他。折翼知道，那是因为自己害怕，折翼早已习惯了独自一人生活……可是遇见雨桐，让折翼突然想要一个家……

“我要回家了。”折翼丢下一句话，向屋外走去。

阿姨失落地望着折翼渐渐离去的背影。

“给他一点时间，其实他已经开始慢慢地接受了。”雨桐走上前握着阿姨的手说。

听了雨桐的话，她原本沉重的心里变得舒坦许多，“雨桐，谢谢你！”

雨桐微微地对阿姨笑笑，望着折翼身影消失的地方发呆。

原来血缘真的有很多相似的地方，以前旭日不知道如何开口的时候，也总用沉默来表达。想到这，雨桐的脸上留下了一丝甜甜的笑，像清风，可以拂过每个人的心田……

“折翼，他喜欢你。”阿姨没头没尾地丢下这句话，转身向屋里走去。

雨桐愣愣地站在原地，低下了头。

微风吹起了折翼的衣摆，可他却没有寒冷的感觉，反而觉得清爽许多，心里也一下子释然了，轻松了好多。

“弟弟！”这个词闪现在自己脑海里的时候，折翼的脸上出现了难得的温和的笑容。血缘？就是因为这个吗？他才会在第一次见到旭日那小子时有一种舒适的感觉，让拒人于千里之外的折翼接受了满脸阳光的旭日……

突然，折翼好想去见见那小子。其实你早就知道我们的关系了，是吗？折翼皱了下眉。坏小子……

凉风吹起了折翼长长的刘海儿，折翼在旭日的墓前已经站很久了……

像想到了什么，折翼嘴角笑弯了，然而下一秒他又换上了那张严肃的脸，过了好久终于从嘴里吐出一句话来："我想照顾她，用我一辈子的时间……"

第十三章　飘雪

街道已变得冷清，眼神还是不住地像在搜寻着什么……

Jame望着坐在对面的折翼，良久，他终于扯开了嗓子，“今天是来告诉你，我要回日本了。”

折翼不自觉地挑挑眉，他转眼望进了对面那双深蓝色的眸子里，只是那眸子就像大海深不见底。可是不管怎样凭着对Jame的了解，折翼知道Jame当初为何离开日本，那么现在呢？Jame决定回去了，是不是……

坐了一会儿，Jame跟折翼道了别，转身向外走去。

“Jame。”折翼叫住了他，“祝福你。”折翼真心诚意地道出了自己的心意。

Jame回转过头，给了折翼一个淡定的笑，Jame知道那是他朋友真心的祝福。虽然这么多年他们什么也没说过。也许朋友就是这样，就算什么也不说，但是心底的东西他们永远都能理解。

“不要来送机了，我不喜欢那场景。”Jame懒懒洋洋地说道。

虽然已经入冬，坐在院里的躺椅上被暖洋洋的阳光照着还真是一件令人享受的事。

折翼依旧每日来这里练琴。他跟阿姨的关系也由先前的含糊招呼慢慢地变得和睦起来。在练琴的空当时，折翼还会和阿姨时不时地扯上一两句有的没的。虽然直到现在折翼都还没叫过阿姨一声妈。但阿姨还是很开心了，最起码现在折翼不再那么讨厌她，而且阿姨还可以清楚地感受到折翼在试着慢慢地接受她。这样对阿姨来说已经很好了，毕竟她又找到了自己的孩子，那个早已在她心底失落了多年的遗憾，已经开始渐渐填满。也许上帝已经待她很好了。

折翼还是会在弹琴时不自觉地把目光飘向雨桐。他总能在很多不经意间发现雨桐停下的目光。

她在想什么？这是最近时常闪现在折翼脑海里的疑问。是旭日吗？心底有那么一丝不确定，但每次折翼还是压下了问出那个问题的冲动。

虽然现在的雨桐比以往开朗了许多，但总让折翼觉得缺少了点什么，不过到底是什么，他又一时间说不上来。

虽不是寒冬但天气也开始有那么一点点冻人。折翼独自一人走在路上，寒风突起，他下意识地把衣领往上提了点，加快了脚下的步伐。

折翼走进了一家舒适的茶餐厅。这里的暖气开得很足，折翼顺手把刚拉上的领子又往下拉了点。

眼睛随意扫视了一遍餐厅，找到了折翼想要找的人，转了个方向，向雨豪走去。

坐了下来，折翼点了杯饮料，随即望向对面的雨豪。

“今天叫我出来，有事？”折翼先开了口，打破了沉默。

“嗯。”雨豪轻点了下头，喝了口手里的饮料。他看向折翼缓慢地开了口，“你不会再放弃音乐了，对吧！”雨豪坚定的语气像是在说一件他再肯定不过的事。

“嗯！”折翼点了点头。曾有一时，他不知道自己再弹下去有什么用，生命中找不到了慰藉与关怀，留下的只是孤独与寂寞。

曾经折翼还有一个朋友和自己一起练琴，看着旭日笑时，折翼会有一种感觉，仿佛在告诉他，自己活着不是什么也没有，至少折翼还有旭日。和旭日一起练琴，看着旭日笑，仿佛在告诉折翼，原来在他的世界里还有阳光照射得到的地方。可是钢琴大赛，他们一起期盼了很久的钢琴大赛，旭日失约了。不管折翼怎样努力找寻都没有再见到旭日的身影，茫然坐在钢琴前，折翼突然不知道自己再弹下去的意义又是什么。

所以折翼决定离开那个有着樱花的城市，来到这个有着旭日气息的城市里。折翼开始想念他的朋友。折翼没有再选择音乐，少了旭日的音乐已不再完整。

可是也许上天就是不喜欢看他孤独，在这个陌生的城市里，折翼遇见了她——谢雨桐，表面上温柔，实际却是个固执的女孩子。雨桐改变了他的世界，让折翼那原本早已冰冻三尺的心开始逐渐融化了，想要照顾雨桐的心是那么强烈，就算雨桐永远都只会告诉他，她从不曾爱过折翼……

“自从上次钢琴大赛后，你就像人间蒸发了一样，已经在乐界消失了很长一段时间了。”雨豪的声音在折翼的耳边响起，也拉回了折翼飘向远方的思绪。

折翼静静地望着雨豪，没有说话。

“过几天会有几位国际级的音乐大师来这里。所以，我想帮你开一场演奏会，你消失这么久，也该是复出的时候了。这也是一个很好的机会。”雨豪慢慢地说着。他看着折翼的眼睛，观察着折翼的每一个神情。

折翼什么也没有说，正当雨豪想再说些什么的时候，“嗯，好！”折翼的声音依旧低沉。

想了好久，折翼还是拿起电话，拨通了那个他早已记得滚瓜烂熟的电话号码。

“嘟……嘟……”

电话很快接通了，听到久违的声音，折翼的嘴角不自觉轻轻往上扬了扬。

“雨桐，你有空吗？可以出来见个面吗？我有些事想跟你说。”折翼低沉的声音从电话那头传来。

雨桐坐在床上一手接着电话，眼睛盯着另一只手中握着的纸张。那是旭日自己写的准备参加钢琴大赛的钢琴曲。那个时候雨桐一直不懂为何旭日走的时候要她把这首曲子交给折翼，现在她终于懂了。早上哥哥告诉她想为折翼开场演奏会时，雨桐就突然想到了那首曲子，应该是交给折翼的时候了吧。

“好,那我们下午在小公园见面。”和折翼通完电话,收了线,站在窗前，刺骨的寒风吹起了雨桐的碎发。雨桐把毛衣向上拉了点，却固执地不想离开。思绪万千，雨桐依旧喜欢闭着眼用宁静来表示释然。

下午，雨桐围着一条厚厚的围巾出了门，到小公园时，折翼已经等在那里了。折翼显然没有发现雨桐，自己正一味地抬着头，闭上眼静静地站在那里，像是在想着什么，又像是在感受着大自然。寒风吹起了折翼的衣摆，也吹起了他柔亮细长的发丝。

“来很久了吗？怎么不叫我。”折翼的声音从雨桐头顶传来。什么时候折翼已来到了雨桐的身边。

回过神，才发现自己为了不打扰到折翼，不忍心叫他，竟也呆呆地在这出神了好久。为了避免尴尬，雨桐迅速移开眼睛，向另一个方向望去，脸上露出淡淡的笑。

“没有，我刚来。”雨桐回转过头，笑望着折翼。

折翼也静静地望着雨桐，那么专注与细心，像是要把雨桐望穿了一样。雨桐的心不由得漏了一拍，她努力使自己平静下来，眼神飘向了小公园里的枯树旁。

“是要我来陪你看风景的啊！”雨桐缓缓开口。她依旧看着远方没有回头。

“没有，是有些话想跟你说。”这次折翼直直盯着雨桐，所有的感情都写在眼里。

这时雨桐才发现天空中有一些雪白的东西，正一片一片地在空中飘散着。

“雨桐，不管怎样我还是想告诉你我内心的想法，我是真的喜——”没等到雨桐回答，折翼就自顾自地说了起来。折翼害怕自己如果现在不说，以后就真的找不到机会说了。

“嘘！”雨桐把手放在了嘴上，她示意折翼不要说话。

折翼定定地看着她，还是听话把即将出口的话语吞了回去。

“看见了吗？下雪了。这是今年的第一场雪。”雨桐柔柔的声音飘荡在空气里。

折翼顺着的她脸，抬头望向天空。他看见一片一片的雪白正在空中自由地舞着。转过头，折翼望向她的侧脸。雨桐脸上的笑是那么自然，那么纯洁，看着她情不自禁地伸手去接那一片片雪花时的开心模样，有那么一刻失神，折翼想用一辈子的时间去照顾她，用他的一生来留住这抹淡淡的笑。

感觉到好像有一双炙热的眼眸正凝视着自己，雨桐回转过头，脸上依旧是那抹笑，暖进了折翼的心田。

“你知道吗？以前每年下雪旭日都会陪着我一起赏雪，一起堆雪人，一起手牵着手踩在雪地里看树梢上的雪慢慢地融化。旭日会说飘雪的时候，我站在那雪地里拉琴的样子很美。那时我就会站在雪地里拉旭日最喜欢的曲子。”雨桐依旧回转过头望着满天飘散的雪花说。

“旭日总是喜欢闭上眼，静静地感受着大自然，旭日说在我的琴声里他可以感受得到大自然的唯美，可以听到风的声音，可以让旭日的心平静得像没有一点波澜的湖水，他说……”没等雨桐再往下说，折翼就紧紧地把她拥在了怀里。折翼能感觉到雨桐颤抖的身子，可是折翼没有在松开手，而是增加了手中的力度，却没有半点弄疼她。

雨桐微微一起身，折翼也松开了双手。

“雨桐，让我照顾你！”折翼握着她的肩，认真地说着。

雨桐的眼神依旧习惯性地飘向远方，“折翼，我……”她的声音比以往更低了，也许这次连她自己都不知道到底是对还是错。

“我会等你。”没等雨桐把话说完，折翼就留下了这么一句话。是的，折翼知道雨桐想说的是什么。折翼也知道自己还没办法走进雨桐的心。如果爱雨桐是折翼这一辈子的宿命，那么折翼愿意等，不管多久。折翼只要雨桐在他身边，也许有一天雨桐会为了折翼而真心地留下一抹笑，那个时候折翼就算幸福了吧！

雨桐没有说话，甚至她忘了该说些什么。为什么要让她遇见同样固执的折翼？雨桐咬着下唇，一起仰着头看着满天飘舞的雪花，谁也没有说话，各自怀着心事。

像想起了什么，雨桐低下头看着手里握着的乐谱。

“给你。”雨桐把手伸向折翼。

折翼疑惑地望着雨桐手里的纸张，迟疑了一下，但还是伸手接了过来，低头看着手中的纸张。

像是看出了折翼的疑惑，雨桐微微地扯动着嗓子，“那是旭日自己写的一首曲子，那天你也有听过，本来打算用它来参赛的，可是……”雨桐稍稍停顿了一下，“他走的时候要我把这首曲子交给你。”雨桐的声音依旧很轻。

折翼什么也没说，只是握着曲谱的手又增加了点力度，让曲谱看起来有点微微发皱。

“时候不早了，我送你回家吧！”过了好久，折翼突然间这样对雨桐说道。

雨桐没有说话，只是静静地点了点头。

一路上，他们谁都没有再说话。终于，在雨桐快要到家的时候，折翼突然握住了雨桐的手，很认真地问道：“我的音乐会你会来吗？”折翼望着雨桐的眸子，却找不到雨桐的答案。

等了好久依旧没有雨桐的回答，折翼轻叹了口气，把心里的那一丝不适都压在了心底。折翼依旧对雨桐是那张平和的笑，“进去吧！晚上要盖好被子，别着凉。”语气里满是关怀。

雨桐不是不知，却也只是笑笑地说了句：“再见。”

望着折翼离开的背影，雨桐的心里有千万种说不出的滋味。她握紧拳头，让指甲向肉里陷得更深了些，让自己努力恢复平静，不能乱，却也真的乱了，打开门，向家里走去。

第十四章　喜欢你

演奏会上，折翼的眼神时不时地飘向远方，“你会来吗？”

折翼的演奏会正有条不紊地安排着。

雨桐坐在沙发上，怀里抱着一个抱枕在那里发呆，脑海里不断浮现着哥哥昨晚跟她说的话。

刚进家门不久，雨豪就敲开了雨桐的房门，给雨桐递了杯安神茶。雨豪坐在雨桐床边，良久，雨豪还是开口说出了在他心里哽了很久的话。

“雨桐，你知道旭日写的那首曲子，里面有一部分是提琴演奏。而里面可以把那种感觉演奏出来的只有你，哥知道，你已经放下提琴很久了。如果可以，你还会把提琴拿起吗？”雨豪小心翼翼地问着，努力使自己的话语不带一点波澜。雨豪害怕，害怕不经意的一句话又撕开了雨桐已经长好了的伤口。

雨桐低着头，她没有回答雨豪的话，也许她自己根本就忘了该怎么回答。

雨豪拍拍雨桐的肩，走出了屋子，把原本平静的空间有留给了雨桐。可是雨豪的那些话已经使得雨桐再也平静不下来。

提琴，是她还能拿起的东西吗？没有旭日，她还能拉出那么优美的曲子吗？雨桐让自己平躺在床上，她需要休息，需要安静，可是……她却睡不着，望着天花板，混乱的脑海让她不知道应该做些什么。

事情似乎都发生得太快，让雨桐还来不及整理好自己的思绪，就要匆忙地选择面对。

天气已变得越来越冷，雨桐还是会按照每个礼拜的习惯到旭日的墓前陪旭日说说话。

“旭日，你喜欢我拉琴吗？”雨桐在墓地站了好久，微弱的声音从她的嘴里溢出。旭日干净的笑颜还是在雨桐的脑海里不停浮现。

良久，雨桐转头仰望着远处的天空。彩霞挂满了天空，美得让人转不开眼。雨桐就在那里站了好久，她没有再说话，只是一直望着远方，直到彩霞的颜色开始渐渐暗下去。

折翼望着手里的乐谱，坐在钢琴旁慢慢地看着，他的嘴角开始慢慢地溢出一些笑，手指时不时地在琴键上敲着，断断续续的琴声回荡在整间屋子里。第一次，折翼知道旭日为何要写这首曲子，折翼不知道自己是否会把这首曲子演奏好，可是他还是想试试，用自己的心去把它弹好，因为这是为雨桐写的曲子……

缓缓地停下手里的动作，折翼的眼神飘向了钢琴上的手机上。

“雨桐，演奏会你会来吗？那天可不可以告诉我你的答案。”

犹豫了好久，折翼还是拿起电话，他给雨桐发了条信息。是自己不敢打电话吧，怕自己控制不住自己，怕自己冲动，也怕听到雨桐沉默似的回答....

没有回信，折翼呆呆地望着电话好久……

这几天折翼都有去学校，只是每次都是匆匆地来又匆匆地离开。

“这个……”折翼欲言又止。他把手里的邀请函递到了砾子面前。

原本还在和温温打闹的火热的砾子，在发现两张红色的卡片出现在她们面前时，两人同时愣住了，她们停止了打闹，顺着出现在她们两人中间的手抬头往上看，在见到折翼那张脸时，砾子和温温都忘了要说些什么，只是定定地看着折翼。

折翼的手在半空中停了很久，就是没有人接过他手里的邀请函。折翼望着砾子她们好奇出神的眼睛时愣了一秒，为什么每次见他，她们的眼神总是特别怪。

折翼轻甩了甩头，让自己的思绪不要飘得太远。折翼看了看砾子她们保持了很久的动作，算了，还是先让他来打破吧！

“给你们的。”折翼把手中的邀请函放在了砾子的手里，转身离开了教室。

“啊！”砾子又很不识相地开了口，这次连同温温也愣了很久。终于她们从惊愣中缓了过来，望着折翼逐渐消失的背影，砾子的尖叫声让折翼的背脊僵硬了一下，嘴角扯动了一下，他没有回头而是摇了摇头，看来这样的尖叫声他还是没有习惯。

“啊！”砾子的再一次尖叫声惹得温温下意识地转过头瞪了她一眼。

看着温温的眼神，砾子忙解释道："不是啦！你看。"砾子把手中的邀请函放到温温的手里，示意她看看。

温温顺着砾子的眼神，她打开了手中的邀请函，自己也愣在了原地，满脸不可置信，"这……"

折翼钢琴演奏会的邀请函，竟然还是折翼亲自送到她们手里的，"我想如果不是雨桐的关系，我们今天就不会有这个了。"温温盯着砾子的眼睛说。

砾子忙点着头，"是啊！以前的折翼根本甩都不会甩我们，哪还会亲自送这个给我们啊！只是因为我们是雨桐的朋友，不是吗？"望着折翼已经消失了很久的地方，"他应该真的很喜欢雨桐吧！"砾子的声音轻轻的，只有身边的温温听到了。

雨桐，这样的你一定会幸福的。温温在心里默念着，她抬头对砾子笑了笑。

距离演奏会的旭日子越来越近，折翼的心反而平静得像湖水。折翼会在演奏会上弹那首曲子。虽然折翼不知道会同自己一起演奏那首曲子的小提琴手是谁。前几天雨豪告诉他，说已经帮他找到了搭档。折翼没有想过是谁，也不想去想到底会是谁和他同台演出，也许是乐坛的前辈，也许是……总之折翼知道不会是雨桐。

因为自那场钢琴大赛后，雨桐就已经放下提琴了，她的琴只为旭日而拉。现在旭日不在了，她也不会为任何一个人拉琴了吧！

演奏会当天来了很多人，折翼在后台准备着。今天雨桐会来吗？脑海里不断地浮现这个问题。

"哥！"温和的声音从折翼身后传来。折翼回转过头，看见了一脸笑容的纪香，还有站在纪香身后的Jame。

纪香跑过来，紧紧地抱着折翼，"哥，我好想你，你过得好吗？"纪香的声音永远都轻柔得让人舒适。

折翼轻轻地搂着她，脸上露出了久违的笑，"嗯，我很好。"折翼柔声对她说。他看向纪香身后的Jame，对Jame点头微笑。

"好了拉！别耽误折翼了，他还要准备。"Jame走到纪香身边，轻声对她说。

纪香这才慢慢地从折翼的怀里爬起来。Jame顺势走过去，一手搂着纪香的腰，他看向折翼，另一只手很不留情地在折翼胸膛给了一拳，"小子，祝你演奏会成功。"

折翼笑着说谢谢，又看了看眼前的两人。纪香有点害羞地低下头。折翼嘴角的笑又扩大了些。他拍着Jame的肩说："我把纪香交给你了，你要是敢不给她幸福，我一定宰了你。"

"嗯，放心把她交给我吧！"Jame认真地对折翼说。

"嗯。好了，你们去前台吧！我去准备一下。"折翼对Jame他们说。

走了几步，纪香像想到了什么，她回转过头，对着折翼的后背说："哦！对了，哥，爸，他也来了，在前台。"说完，纪香又同着Jame一起向前台走去，没听到折翼的回答，也许纪香他们也早就知道哥哥不会说些什么。

折翼的脚步愣了一下，心底流过一丝暖意，头向下低了点，继续移动着他的步伐。

"温温，你看见雨桐了吗？"砾子坐在听众席上，问坐在她旁边的温温。

温温站起身来，望了眼黑压压的人群，摇了摇头，“我没找到，也许人太多挡住了，或者她在后台啊！”温温急忙说着。

突然全场的灯光一下子熄灭了，台上传来低沉好听的声音，“折翼的钢琴演奏会现在正式开始，请各位安静地聆听。”

砾子和温温都换了个姿势，安静地等待着。

一束灯光照射在褐色的钢琴上，折翼俊美的轮廓出现在大家面前。轻柔的钢琴声响起，他修长的手指不停地在琴键上跳动着。折翼就像一个王子，让人移不开眼眶。

伴奏团的乐声响起，高潮起伏，让人们的心也跟随着波动起来。

一曲结束，全场响起了一片热烈的掌声。

“感谢大家今天来听我的演奏会。在这里我要感谢几个人，曾经我是一个冰冷至极的人。我不喜欢和人群接触，在我的世界里，我一直都是一个人。可是，在我的生命里出现了第一个奇迹，我遇见了旭日，他陪我一起弹琴，一起聊天。旭日让我的心变得不再孤独。我第一次知道原来我也有阳光照射得到的地方。还有……”折翼低下头沉思了一下，几秒后他又抬起了头，“就是……爸，对不起，一直以来我都在不断地惹你生气。我以前真的有讨厌过你……到现在我才知道我做了多么蠢的事。对不起，请原谅你不孝的儿子。”说完折翼深深地鞠了一躬。

折翼不知道，现在坐在角落里的一个男人正热泪盈眶，脸上露出的是欣慰的笑。

“接着我要为大家演奏一首曲子，这是我朋友旭日亲手为他的爱人写的，请大家用心聆听。今天我想在这里跟一个女孩子说几句话。”折翼低着头沉默了几秒，“雨桐，我知道你心里的那个人是谁，可是我还是会等你。我想告诉你，今晚这首曲子不仅是为旭日为你而弹，也是我为你而弹。”说完折翼走向钢琴。

灯光不再只是一束，而是照亮了整个舞台。

折翼的琴声很柔，里面却满载着幸福，这是他用心演奏出来的曲子。每一个人都用心聆听着，柔和的音乐像是把他们带入了美丽的天堂，那里只有快乐与幸福。

悦耳的提琴声在空中回荡着，配合着钢琴的柔和，完美，无懈可击。

折翼抬起头，手指还继续在钢琴上跳动着，可是眼前的这一切让他的眼不自觉得再睁大了些，折翼努力使自己恢复平静，继续敲着琴键。

砾子和温温同时张开了嘴，那个，那个拉琴的人不是雨桐吗？她……

一曲完毕，掌声如潮水一样袭来。大家都被震撼了，这首曲子简直可以和国际级的音乐大师有的一拼。看着演奏者，他们还是那么年轻就配合得那么好，那是多么深沉的爱啊！

“我以为你不会来。”折翼望着雨桐，他没有心思理会那些祝贺，现在对他来说，最重要的是眼前。

雨桐把提琴从肩上拿下，“曾经我为了一个人放下了我的提琴……”雨桐的声音依旧很轻。

折翼屏住呼吸听着。

“今天我想为另一个人拿起提琴……”雨桐缓慢张着嘴。

折翼的心脏像停止了跳动，雨桐的话不停在耳边回响。是幻觉吗？可是却为何这么真实，折翼愣在原地，好久他才慢慢缓过神来。折翼的脸上扯开一抹幸福的笑。他把雨桐紧紧地搂在怀里。良久折翼放开雨桐，眼睛深情地望着她，头渐渐地往下低，折翼的嘴唇吻上了雨桐的唇。他吻着她，温和而又深沉。

没有人发现在人群里有一个女孩正被一个帅气的男孩搂在怀里。纪香的泪缓缓地滑落了下来，“Jame，你看见了吗？我哥他幸福了。”

Jame 一手环着纪香的肩，在纪香的额头轻轻地印下一吻，“嗯，我看见了。”Jame 好听的声音在纪香的耳边回响。

台下一片哗然，欢呼声四起，都在为这对人儿祝福着。

第十五章　尾声

有人说，幸福其实就这么简单……

“雨桐，你很不给面子耶！你怎么可以……”砾子不满地嘟囔着嘴。

“我又怎么了啦！”雨桐满脸疑惑地望着砾子。

“你怎么都没告诉我你是阴月啊！阴月耶！这么大的一件事你都没说。”砾子在一旁不满地嘀咕着。自从这小妮子从演奏会知道雨桐是阴月后，几乎每天都会在雨桐面前唠叨几句。

“好了，好了，是我不好！我以前以为我永远不会再用那个名字了嘛！”雨桐无奈地说着。

“雨桐，你会幸福的，你那么好。”突然砾子紧紧地把雨桐抱在怀里，说出了自己心里的祝福。

“嗯，我会的！”感受到朋友真心的祝福，雨桐的心暖暖的。

“可以走了吗？”折翼的声音从雨桐的身边传来。

砾子放开了雨桐，开心的对雨桐说：“去吧！”

跟砾子道了别，雨桐跟着折翼一起走在校园里。

“爸他们都在等着了。”折翼握着雨桐的手，向校外走去，脸上满是幸福的笑。

今天是送折翼的父亲回日本的日子，大家都决定先一起聚聚，一起吃顿开心的饭。

回到家，阿姨正忙着张罗着。本来说在酒店吃的，可是阿姨和伯父总说既然是团圆饭就在家吃吧！

伯父硬要在厨房帮忙，可是还是被阿姨轰了出来。

Jame和纪香在花园里玩着。雨桐和折翼坐在沙发上看着电视。伯父不肯闲着，忙着张罗着碗筷，雨豪在一旁泡着自己私人密制的茶。

这样幸福的气氛充满了整间屋子。

“来啰！开饭了。”阿姨轻笑了一声。

饭桌上，大家都欢喜地聊着一些趣事。

“你们有空就回日本来看看我们。”吃到一半，伯父突然开口道。

“爸，放心吧！我们会回去看你的！”纪香搂着伯父的肩说。

“可不是看我一个人哦！”伯父的话惹得全桌人都一脸茫然。

“是来看爸爸和妈妈。”伯父宣布，“你妈已经答应和我一起回去了。”伯父的脸上满是幸福的笑。

大家都看着阿姨，她正和蔼地对大家笑着。所有人的嘴角都不自觉地扩大了一些。

这顿饭似乎是折翼吃得最开心的一顿，好久他都没笑得这么开心了，原来幸福离他很近，只有一步之遥……也是第一次知道原来幸福可以很简单。

机场，一群人都不停地说着什么，道出自己的祝福。

“好了，要登机了，你们也都回去吧！记着要照顾好自己啊！”伯父说着。

望着伯父和伯母的身影，“妈，一路顺风。”折翼对着阿姨的背影说道。

阿姨转过头对他们笑笑。雨桐明显看见了她眼里的泪水。这应该是折翼第一次这样叫阿姨吧！伯父搂紧了阿姨的腰，入了闸口。

走出了机场，雨豪因为有事先离开了。

“Jame，你是怎么追到我妹的啊？”折翼突如其来的话，让Jame愣了一下。

回想起回日本见纪香的第一眼，纪香问Jame为什么回来。

Jame站在街道的尽头，脸上露出了一抹微笑，“因为我突然想起我曾经答应过一个女孩子，要陪她看樱花……”

纪香没有说话，只是一直望着街道的尽头……

“有空我再告诉你吧！也要记得把我们漏掉你们的那一段告诉我们啊！”Jame笑着对折翼说。

跟Jame他们道了别。

“折翼，我想去看看旭日。”雨桐转过头对身旁的折翼说。

“嗯！”折翼轻点了一下头。

今天晴空万里，雨桐和折翼站在旭日的墓前，谁都没有说话。

良久……

雨桐转过头对折翼笑笑，“走吧，我们回家！”

折翼微笑着搂着雨桐的腰……

旭日，我会幸福的，连同你给我的那份幸福，好好地走下去。

记不记得你说过，秋天的黄昏很漂亮……我看见了，真的。

你说过，我幸福你就会很幸福。

那么现在我幸福了，在天国，你是不是也会笑得开心。

我只喜欢你笑，你开心我就开心。

所以，你也会幸福对吧……

第十六章　番外

最爱樱花雨（一）

我叫唐本纪香，我爸把我带回家的那一刻，我才五岁，所以有人问我对自己的亲生父母是什么感觉，我只能说他们很忙，忙到我还来不及感觉就离开了。我被带到了一个新家，这里有我不熟悉的一切，可是在这里我第一次尝到了家的感觉。

刚来这里的时候我一切都不习惯，尽管叔叔对我很好。叔叔说以后不要叫他叔叔了，就叫他爸爸吧！就这样我的生活中又有了父亲，在学校我不再是别人眼里的孤儿，而是别人眼里羡慕的千金小姐，可是我依旧孤独。

爸爸的工作很忙，所以常常忙到很晚回家，在家里就只有我和折翼，还有照顾我们的用人。

折翼是我的哥哥，刚到家的时候我就好喜欢好喜欢眼前这个比我大不了几岁的男孩。他的眼睛里总有着让我想为他抚平的东西。他总是一副事不关己的态度，好像永远都活在自己的世界里，可是他却很喜欢弹钢琴，而且还弹得很好。

“哥，今天我们一起回家好不好？”纪香背着书包跑到比他大两级的折翼的班级门口。

“你自己回去吧！我要和一个朋友去一个地方。我叫司机来接你。”折翼对着眼前的这个妹妹说。他是冰冷的，他可以不理会所有的人，包括他的父亲，可是他就是放不下眼前的这个小女孩。不知道她为什么总喜欢围着自己转，总喜欢和他说话……可是他知道他不讨厌这个妹妹，他的世界是冰凉的，可是他就是无法对眼前的这个小女孩冰凉。是从她踏进他们家的那一刻，还是她死命地跟在他的屁股后面叫哥哥的那一刻，折翼忘了，他只知道从此以后他的生命好像不会再像以前那样孤单了，因为有一个女孩子不会让他的生命再孤单，那就是他的妹妹。

看着纪香失落的表情，折翼的心里第一次开始产生异样的感觉，虽然不知道那究竟代表什么，可是他可以肯定的是他不喜欢这样的感觉。

“那你跟我一起去吧！”折翼才刚开口，纪香便开心地笑了，嘴角的小酒窝深深的，可爱极了。

这是纪香第一次同折翼出去玩，也是纪香第一次见到Jame。Jame同折翼同样大小，但是突出的轮廓已经开始显现出来。

“翼，她是？”Jame看着折翼身后这个可爱的女孩忍不住好奇地问。

“我妹。”折翼的话永远都简短得惊人。就这样，在这个彩霞挂满天空的黄昏，纪香认识了Jame。

从此以后，纪香的生活开始慢慢地变得充实，有父亲的疼爱，还有哥哥和Jame，这样的生活她好喜欢，只是每次她总能看见哥哥脸上的寒霜。虽然每次他总对自己笑，但是在晚上被噩梦吓醒时，给她温暖的怀抱，告诉他有哥哥在，告诉她不用害怕，因为他不会让她再孤单了。

只是折翼真的很冷，甚至不喜欢他的父亲。虽然纪香不知道他们之间到底发生了什么事，可是她不要他们那样，因为他们都是她爱的人。

夏季的午后，纪香喜欢一个人到离学校不远处的小河旁边坐坐。这条河不宽，河水却清澈见底，可以看见河里青青的水草和自由游走的鱼儿，两岸的垂柳也随着风儿舞动着。也许这里不算什么世外桃源，也不是什么人间仙境，可是她却独爱这里，喜欢这里的宁静，喜欢这里的清风……每次折翼去练琴的时候，纪香都喜欢一个人到这里坐坐，这里就像是只属于她的天堂，这里的世界只有她不会被任何人打扰。

“嘭！”石子划过水面，水花溅在了河岸两旁的青草上。纪香好奇地转过头，是Jame，他走过来坐在了纪香的身边。

感觉到纪香好奇的目光，“我本来想出来走走，没想到会在这里遇见你。”Jame随意地耸耸肩。事实上是他自己想找纪香，所以花了一些时间才知道她喜欢在午后的这段时间来这里。

“折翼在练琴哦。”几次的相处让Jame知道这小妮子喜欢围着他哥哥转。

“嗯。”纪香回答着。就这样，他们一直在河边坐到学校的铃声被敲响。

以后的每个午后他们总会在这里不期而遇，渐渐地，他们开始谈一些有的没的，到后来他们竟然成了无话不说的朋友。

同样是炎热夏日的午后，纪香转过头问坐在一旁Jame：“你说怎么才能让我哥笑啊？”

Jame回过头看着一旁抱腿沉思的纪香，良久，他开口说道：

"他不是一直都会对你笑吗？"

"那不一样，我不仅要他对我笑，我还要他对所有人笑。Jame，你知道的吧，我哥他好久都没发自内心笑一次了，他对爸总是冰冷的，虽然爸从来都是那么一副不在乎的样子，可是好几次我都看见爸失落的表情。每次看他那样，我都不知道该怎么办。Jame，你知道我哥跟我爸之间到底有什么矛盾吗？"纪香期待地看向一旁的Jame。

看着纪香期待的脸，Jame 突然不知道该说什么是好，可是尽管这样，他还是对纪香说："对不起，我也不知道。"

纪香又沉下了脸，望着水里的鱼儿发呆。

"要不这样，反正你生日快到了，你就在你生日的时候看看能不能把他们拉在一起啊。"Jame 突然开心地说。

"嗯，对啊，我怎么没想到。"纪香开心地握着 Jame 的手。Jame 看着纪香的笑脸，自己也不自觉地扯开了嘴角。

好不容易盼到了自己生日在这一天，纪香把自己打扮得漂漂亮亮的，今天她要哥哥和爸爸一起好好地为她庆祝生日，更重要的是她要爸爸和哥哥和好。

纪香的生旭日会开得很热闹，来了很多朋友和亲人，连同哥哥和爸爸都在，收礼物，切蛋糕一切都是那么愉快。每次过生日，爸爸都说可以许三个愿望，那样就一定会实现。

吹灭了蜡烛，所有人都好奇地问她许了什么愿望，她笑着告诉大家："第一个愿望希望爸爸和哥哥能在一起开开心心，第二个愿望希望爸爸和哥哥能笑着说话，第三个愿望希望爸爸和哥哥能开心地坐在一起聊天。"

很简单的三个愿望，所有人都为小女孩的纯真笑了。可是没有人发现站在两个不同角落里的那对父子脸上是什么样的表情。

晚上客人都散了，纪香也回到了自己的房间里准备睡觉。一切又恢复了宁静。可是书房的灯还亮着，纪香以为是父亲还在工作，所以准备沏杯茶给书房里的父亲。房门没有紧掩而是留了一条缝，可以很清楚地听到里面的谈话。不是她有意偷听的，是他们的声音太大而她刚好又走到了门前。

“折翼，你今天也听见了纪香她……”折翼的父亲站在折翼面前。

“不可能，我们之间不会有什么新的沟通，如果不是我现在未成年，我早就离开了。”折翼转过身没有看他的父亲。

“你就真的这么恨我？”父亲的脸上写满失落。

“是，你应该知道，从妈走的那一天你就应该知道会有今天。”折翼的话不带任何感情，很难想象这竟然是一个十几岁的孩子该有的表情。

“我……”折翼的父亲还想说着什么，可是到喉咙的话又被硬生生地咽了回去。

“啪！”碎杯子的声音在门外响起，也同时引起了折翼和他父亲的好奇，慌乱地拉开门，映入眼帘的是纪香满脸泪痕的脸颊。她不停地摇晃着自己的脑袋，脚步不住地往后退，拼命地告诉自己这一定不是真的，一定不是真的，那个他深爱着的父亲和哥哥不会是这样的。

“小心。”折翼、父亲同时发出了声音，死命地跑过去已无济于事，纪香直直地从楼梯上摔了下去。

折翼慌乱跑下楼把纪香搂在怀里，“摔着了吗？”他小心翼翼地问着。

“哥，不要吵架好不好？”纪香笑着对他说，然后在他的怀里晕了过去。

“纪香不要睡，好。”他回答着。

医院开始成为折翼常出没的地方，虽然医生说纪香并没有摔着什么地方，可是她的身体已大不如从前，小病大病也常犯。虽然她总笑着对折翼说她没事，努力做到不要任何人担心。尽管这次之后，折翼和他的父亲没有再经常争吵了，可是她仍能看得出他们父子之间的矛盾，只是换了一种方式在进行着。

折翼还是一样经常练琴，留下陪纪香的人从原本的折翼变成了 Jame。每次来，他总会带纪香喜欢的糖果或玩具，带纪香悄悄地溜到外面去玩，也让纪香认为自己不是一个累赘，不用家人的特意保护，她也可以过得很好。

那一年纪香九岁，Jame 踏进了她的世界。她的世界变得不再冷清，因为一直都有个很开朗的男生说：“我陪在你身边，纪香就可以不孤单。”从此以后，纪香身边多了个可以说心里话的朋友，因为不管发什么事情，他永远都在她身边。

最爱樱花雨（二）

日子似乎过得很平静，春去秋来，纪香已和折翼、Jame 走过了太多个春夏秋冬了。

“Jame，你说我可不可以像这样陪着我哥一辈子啊。”午后的校园开始变得宁静，纪香靠坐在校园里的凉椅上问同样坐在身旁的他。这几年纪香见 Jame 的时间比见折翼的还多，只要她有想不通的地方或者有什么高兴或不高兴的，她总喜欢告诉 Jame，让这个朋友来为她出谋划策。

Jame 转过头望着纪香的侧脸，他知道的，不管他怎么努力他都只会是一个朋友，一个可以谈天说地的朋友，该认命了吗？也许该吧！如果纪香喜欢的是别人，那他还可以光明正大地去追求她，可是现在纪香爱的人是自己最好的兄弟啊。恍惚间，Jame 竟开始发起呆来。

“怎么了吗？”半天没等到回答，纪香转过头看着 Jame 正看着自己，“我脸上有东西吗？”纪香小心翼翼地问，顺便用手摸了摸自己的脸。

“没有。”Jame 回过神来，“我只是在想，我们家纪香好像是真的长大了，而且越来越漂亮了。”Jame 嬉皮笑脸地说。

“还说我呢？不知道是谁才是长相太突出。你不要以为我不知道，虽然我比你们小，现在才念中学，可是我们还是在同一个学校啊！隔着几级，但学校的事我还是有听说哦！都不知道有多少美女拜倒在你的石榴裙下啊！”纪香微笑地说着。

Jame 没有否认也没有再接下纪香的话，“你要是对折翼还是有着那么深的感情的话，就等他吧！翼的心是不轻易被打开，等他吧！一年两年……有一天他一定会感受到的。”良久 Jame 才出声对纪香说，声音太轻，就像刚拂过的清风，不注意就不会被发现。

“我会的。Jame，我就知道你最好了。”纪香把头轻轻地靠在 Jame 的怀里蹭了蹭。

“好了啦！”Jame 笑着对她说。手机铃声打破了开始变得沉默的空气，接起电话，Jame 说了几句就收了线，转头看见坐在身边的纪香。

“女朋友，去吧！”纪香的嘴角依旧是淡漠的笑。

“嗯，那我先走了，你呢？”Jame 起身的瞬间望了纪香一眼。

“我还想在这里坐一会儿，你去吧！”纪香用手推着

Jame。

日子总是过得飞快，Jame 身边出没无数的女孩子，纪香习以为常。低头笑笑，纪香还记得第一次看 Jame 带女孩子出现在她和折翼面前的时候，自己的心里还有那么一点怪怪的味道，大概就是一直在身边照顾自己的朋友不再属于自己了吧！是啊！她早就应该知道的啊！他们都长大了，Jame 也会有他自己的生活，怎么还能像小时候那样一直陪着她，围着她转呢？想到这，纪香不自觉地扯过一丝笑，也不知道那抹笑容里包含的是失落还是为 Jame 找到自己的生活而感到高兴。

久了才知道，Jame 身边的女孩是真的很多，他换女朋友的速度也是惊人。起初她还会时不时地对 Jame 说好好找个好女孩谈次恋爱不好吗？那时的 Jame 总是笑而不答。又总会在两人坐在一起看远方的时候说，“纪香你一定要幸福，至于我嘛，等你和折翼在一起后，我一定会带个嫂子在你面前的，到那时候我们还可以这样看夕阳。”Jame 的话总是很淡。纪香每次想问问 Jame 的情感，可 Jame 都把它收得好好的，雪亮的眸子里除了深蓝还是深蓝，让人看不见，却有种要沉溺在里面的错觉。

随着日子的流逝，纪香的容颜也渐渐地引人注目，从以往满脸孩子气的样子，已变成现在亭亭玉立的大美女了，追求她的人自然不少。

“纪香，晚上我可不可以约你吃个饭？”同班的哲走到纪香面前问。

“对不起，我要回家，要不然我的家人会担心的。”纪香委婉地拒绝着。

“纪香走了哦！”Jame 站在纪香的班级门口。

“哦！来了。”她抱歉地向哲点点头，朝门口的 Jame 走去。

每天Jame的准时出现已成为常事了。折翼总是忙着练琴，接送纪香回家的责任就落到了Jame的身上。

“为什么不要家里的司机接送啊？”记得第一次Jame就是这样问纪香的。

“我不想同学说我家有钱就把我排挤在外，其实我早前就想这样生活了。”纪香想也不想就回答了Jame。

Jame看了纪香一会儿，“既然你喜欢就这样吧！可是一个女孩子回家有时也真的不太安全，要不这样吧，以后我来接你，我送你回家。”

纪香没有反对，而是点头答应了。

就这样他们总一起回家，樱花开满街头的季节，纪香总会拉着Jame走在樱花街上，看轻风拂过樱花飘散时的烂漫。她会笑着对Jame说：“Jame，你知不知道在有樱花的街头看黄昏别有一番风味。”然后她便会情不自禁地笑开怀。

Jame喜欢倚靠着樱树看纪香开怀地笑，她从不知道其实她的笑比樱花街头的黄昏更美。他喜欢这样看着她，静静地站在一旁不被任何人打扰，看着她，很多时候他会想如果时间就停在这一秒该有多好。

“Jame，周末我们把哥一起叫出来看樱花好不好？”纪香站在街头问他。

“好啊！”笑对纪香，Jame一直是微笑着的。

回家的路上，Jame第一次用单车载着纪香穿梭在日本的大街小巷。纪香坐在后座享受着空气中甘甜的味道。

“Jame，樱花开满街头的日子，你会陪我一起看樱花吗？”那个下午坐在Jame的单车上，纪香突然这样问他。

“会。”同样是想也不想的回答。

接着他能感受到纪香笑开了颜。其实纪香也不知道自己为什么要这样问Jame，只是一闪而过的感觉，心里有一种不明的落寞，不知为何她开口说了或者是她喜欢和Jame一起站在街头看夕阳的感觉吧！

周末难得把在家练琴的折翼也一起拉了出来。依旧是夕阳红遍半边天的时候，三人一起走在樱花街上，享受着这美丽的景色与清风。

依旧如往日那样，纪香和Jame从街头打闹到街角，难得折翼会扯出笑脸在一旁静静地感受着，虽然没有加入，但是他依旧可以被这快乐的气氛包围着。夕阳的余晖洒满街头，把三人的影子拉得好长。

有那么一刻，纪香希望三人这样平静的生活能一直这么过下去……然而希望总归都不是现实。

哲似乎总爱缠着纪香，然而纪香总也会用不同的理由拒绝着。

“对不起，今晚我真的有事。”同往常一样，纪香一样拒绝着哲的邀请。

晚上纪香好久没出去走走，过几天哥哥有场钢琴演奏会，所以他这几天在家里拼命地练着钢琴。早上的那一幕还停留在她的脑海里。

“哥，你演奏会很少这么认真地练琴哦。”纪香端了杯牛奶放在折翼面前。

停止手上的动作，折翼接过纪香手里的牛奶喝了口，然后缓慢地对纪香说，“我练琴不是为了这次我的个人演奏会，而是为了半年后的那场钢琴大赛。”是的，钢琴大赛他要与一个很重要的朋友正面比试一次，放下手里的牛奶，折翼继续弹着他的钢琴。

拿着杯子，纪香静静地站在折翼身边，她第一次发现哥哥这么认真地对待一次比赛。看来那个人对哥哥真的很重要，所以这场比赛他才会这么认真。

一个人无聊地走在街上，可是她又不想回家，父亲出差了，哥哥又在练琴，很久没一个人出来走走了，呼吸一下新鲜空气也好。每次哥哥他们总是把自己照顾得太好，生怕自己再出一点什么事！她知道那是家人心疼她，所以尽管她不喜欢，可是自己还是会接受他们的安排。

“你不是说你晚上有事吗？”熟悉且有点刺耳的声音传入纪香的耳朵里，抬起头，她对上的是哲充满质问的眼睛。

看着哲，突然纪香不知道用什么答案来回答他的问题。

“为什么连答都不答应我？”哲突然靠近。让纪香有点不知所措。

“不……不是那样。”纪香好不容易从喉咙里挤出一句话。这样的哲没有平时看起来温和，眼神看起来让她害怕。

匆忙间她放在包里的手按起了电话。

“哲，你可以冷静一点。”纪香慌张地说。

“冷静？”哲的笑容冷得可怕。

“你，啊！不要靠过来啦！”纪香拼命地挣扎着，此时的她除了害怕还是害怕。

“啊！”身上的重量突然消失了，冰冷的空气一下子包围过来，纪香不禁打了个寒战，目光有些呆滞，不过她还是看见了身旁 Jame 的身影，他正有一拳没一拳打在哲的身上、脸上。

“Jame，我们回家。”纪香的声音不大，不过Jame还是听见了，他放开还停留在哲衣领上的手，轻轻地扶着纪香的肩走在回家的路上。

电话铃声打断了身边女朋友的话，Jame 拿起手机看了眼屏幕上显现的名字，想也不想，接起了电话。“喂。”Jame 一直等不到纪香的回音，电话那头传来的却是两个人的对话。听着纪香慌乱的声音，Jame 的心开始狂跳起来。

“喂，纪香，你说话啊，你在哪？”不管Jame再怎么拼命地喊，回答他的依旧是无人答应的声音。Jame 匆忙起身，他只知道，不管怎样，在这一刻他一定要找到她，不让她受半点伤害。

一只纤细的手拉住了 Jame 的胳膊，“你要去哪里？”红唇轻动了一下。

“放手。”Jame 的声音死板、僵硬，冰凉中还带着一丝焦虑。

“我才是你女朋友。”女子大声地对 Jame 说着，但在对上 Jame 那一双焦急却毫无半点感情可言的双眸时，女孩的手缓缓地从 Jame 的胳膊上滑了下来，夹带着的是那么一丝无力。

望着 Jame 远去的背影。“Jame，我们分手吧！”无声的泪从女孩眼角滑落。

Jame 停下脚步，转过身望着女孩的倩影，“随便你。”又急切地转身离开了，所以他也遗漏了女孩脸上凄楚的笑，“Jame，知不知道你从来都没有对我这么紧张过。Jame，对她你会幸福吗？”

Jame 慌乱地穿梭在大街小巷中，他的一颗心被提得老高，纪香应该不会离家太远的，不会有事的，不会。他不停地在心里念着。

在看见纪香的那一刻，他的心是狂烈跳动着的。可是在看见另一个人正向纪香身上压去后，那一刻他的心停拍了，慌乱冲过去，抓着那个男孩的衣服，一拳又一拳地打在他的身上。可是纪香毫无生气的声音足足让Jame愣了几秒，恍惚间他看见纪香的身子颤抖了一下，好想冲过去把她抱在怀里，告诉她不用害怕，他不会再让她受半点伤害。可是他不能，他什么都不能做，唯一能做的就是对她说："不用害怕，我送你回家。"

"折翼，我想跟你谈谈。"Jame倚靠在琴房的窗户边。

钢琴声戛然而止，折翼也起身走到窗户边，同样望向窗外的景色，"有事？"

"对纪香好一点，她喜欢你。"Jame缓慢地说。

"她是妹妹。"折翼的话依旧很淡。

"可是你们根本就没有血缘关系。"Jame转过头看向折翼。

折翼没有说话，他只是慢步走到钢琴旁坐下，在埋头继续弹琴的一刹那，"我只会是她的哥哥，不会有其他的感情，因为我最好的兄弟喜欢她。"折翼的琴声很轻，却充满了整间屋子。

就这样，他们谁也没有再开口说话。

折翼的钢琴会圆满落了幕，晚上大家坐在一起庆祝。

"我打算去留学。"Jame突如其来的话使大家都愣住了。

"留学？"纪香看着Jame。Jame转过头轻描淡写地说了几句，故意不让自己的眼神和纪香相撞。那一夜，他们没有再多说其他的话，那一夜他们一起坐在同一片草坪上望着天空中的月亮发呆。

这一年，Jame离开了纪香的生活。

最爱樱花雨（三）

Jame的离开让纪香的生活又恢复了平静，平静得令她乏味。折翼依旧每天练琴，准备着半年后的钢琴大赛，父亲也忙于他的事业。她开始怀念有Jame陪着的日子，最起码那时候不是她一个人，会有人陪她笑，陪她哭，分担她的喜怒哀乐。沉默，是的，纪香慢慢地变得沉默了。

Jame走的第三天，纪香终于接到了他的电话。夜里她独自倚在窗前望着满天的星星，电话铃声令她回过神来，拿起电话看着屏幕上闪着那个熟悉的电话号码，第一次她开怀地笑了，接起电话，那头是他再熟悉不过的声音。

"Jame，你在那里好吗？"纪香轻声地问。

"嗯，还好。"Jame低沉的声音传入纪香的耳里，第一次，她发现Jame的声音原来这么好听。

"你在笑什么啊？"Jame突然问道。

"没有啊！就是Jame你讲电话的声音很好听。"纪香一五一十地说出了自己心里的话。

笑，Jame用这种方式回答着纪香："只限于在电话里好听吗？"Jame假装不高兴地说。虽然知道纪香看不见自己的样子，但是他还是希望自己假装出来的生气样她能想到，就像他没有在远方而是在她身边陪她说话一样。

"好了啦！不要噘嘴嘛！你噘嘴的样子不好看，而且一点也不可爱。"像是能听懂Jame的心声，纪香缓慢地说。

这一次换Jame开怀的笑，"那好吧！既然我讲电话的声音这么好听，那我以后就常给你打电话好了。”Jame 像大发慈悲地说。

“好啊！”纪香用同样高兴的嗓音对 Jame 说，的确，她很久都没这么开心地笑了。

“呵呵。”同样，对纪香 Jame 一直都会笑。

“Jame 好久都没听到你这样笑了，有点不习惯。”纪香对电话那头的 Jame 说。

沉默，空气开始变得宁静，夜已经很深了。

“Jame，你在做什么？”纪香突然开口问，她不喜欢这种沉默的气氛，就好像有什么要逝去一样。

“没有做什么，你呢？”Jame 也问起了电话那头的纪香。

“我在看星空啊！”纪香说着，“Jame，在你那里也能看见这满天的星宿吗？”

听着纪香的话，Jame 起身也向窗前走去，倚靠着窗户，抬头望向满天的星星，“纪香，在我这里也可以看见，而且我们看的是同一片天空，就像小时候我陪你一起看星星。”Jame 的话永远都像春风，不费丝毫力气就可以吹进人的心里，而且暖暖的。

就这样他们一起望向同一片星空，谁也没有再说话。纪香还记得小时候她会好奇地跑去问 Jame 在中国的那个古老传说，那个关于银河、关于恋人的传说是不是真的？

因为每次她跑去问哥哥，折翼都总会说那些只是传说，折翼会耐心地跟她讲银河系，讲宇宙，讲现在的科学。折翼永远也不会知道纪香想说的，其实就只是要他给她讲讲关于那个在古老的中国流传了很久的神话，关于那一对夫妇的凄美爱情故事，只是折翼好像永远也不会明白。

纪香总告诉自己，自己还是比较幸运的。因为每次折翼不懂的Jame都会，他会在纪香不开心独自发脾气时拿她最喜欢的糖果来哄她笑，会在纪香郁闷到不行的时候跟她讲很多笑话，直到她笑开怀为止，会在纪香纳闷时说："纪香你看，樱花树的那头，夕阳开始落幕了。"那时纪香也总会转过头去看着Jame说："Jame，真笨。"接着就会扯开笑颜望着樱花树的那头。

Jame总是这样，不经意间，就可以让纪香笑开怀。每次纪香走丢，他好像都是第一个可以找到她的人，会在每个夏日的午后陪纪香一起坐在学校旁不远处的河岸上，看柳条拂过河面，看河里自由游着的鱼儿和在天空中飞翔的小鸟。那时候他们总背靠背坐在一起，她哭，她笑，她闹，他都接受。他分担她的喜怒哀乐，在她成绩下滑时为她补习，在夜里帮她温习功课。很多时候，他比哥哥还像哥哥。所以这个妹妹她做得格外开心，因为总有人把她捧在手里，握在心里。

纪香望着天空中闪烁着的星星，凉风拂过有点刺骨，她开始变得想念。

这也是她第一次知道原来自己会这么想念Jame，想念Jame陪同的日子，想念Jame说，"有我陪着你，纪香就可以不孤单"，想念Jame说，"纪香不可以哭，因为Jame一定不会让纪香再流泪"。

"Jame，下初雪的时候你会回来吗？"电话那端一阵沉默以后，纪香望着满天的星星开口问起了这句话。

初雪，应该快到了吧！是啊，要冬天了，"嗯，好吧，我回来。"Jame用低沉的声音回答着纪香。对她，他从不曾说过不的，趁这次回去看看她也好。

没有比他更清楚他有多想念她，花了两天的时间整理好这里的一切，打点好所有，拼命做事来麻醉自己，令自己忙起来不去想她。可是第三天，他还是没熬下来，拼了命地想她，想到心开始发痛了。终于他还是拿起电话拨通了那个他想忘都忘不了的电话号码。

几声的等待声就像几世纪那么长，终于在电话那头纪香接起了电话，听到她的声音，他高兴地扯动着僵硬了几天的嘴角。

是啊他想念，发了疯得想念。最后一次，接通电话时他在心里这样对自己说。是啊，他该放手了，因为她爱的是他最要好的朋友。他们之间只能是朋友，只能是兄妹，只能……Jame抬头望向天空。逃到这么远还是忘不掉吗？天空依旧深邃。

十一月的日本开始纷纷扬扬地飘起了大雪，纪香独自一人站在樱花街的街头。折翼还在练着琴，好像半年后有场钢琴大赛。纪香知道这场比赛对折翼来说是多么重要，所以她不能让自己去打扰他，以前每年下初雪的时候，纪香、折翼、Jame不管多忙，都会抽一些时间出来，一起看雪。只因为这是纪香八岁时的生日愿望。这些年他们都一起看雪，一起笑，一起闹，只是今年他们还会再在一起吗？哥哥已经不会了。因为早在几天前的一个早上，折翼就对纪香说过了。

她还记得前几天的一个早上，刚吃完早餐准备去学校，折翼就叫住了她，"纪香，这次的初雪我可能不能陪你看了。"折翼满脸歉意地看着纪香。

"没关系啊！你们陪我看了这么多年了。小时候我只是随便的一句话，你和Jame就陪我看了这么多年。我已经很开心了啊。哥，你有事就去忙你的吧！我真的没关系。"纪香微笑着对折翼说。

看着纪香没有失望的脸，折翼终于松了一口气，点点头向自己的房间走去。

一个人走在樱花街上，虽然现在已没有樱花了，可是她还是好喜欢好喜欢这条街。独自沉浸在自己的思绪中，纪香根本就没发现在樱花树后有那么一个人。

嘭！一团不大的雪球准确无误地落入了纪香的衣领里。

“冰。”下意识地吐出了这句话，回头环顾了一下四周。樱花街还是如她来时一样，空无一人，可是总感觉身边有人。低下头，纪香暗自笑笑是自己想多了吧！他怎么会在这里。

嘭！又一个小雪球与纪香的肌肤做着最亲密的接触。这一次，纪香可以很确定自己没有想多，而是真实存在的事实，甚至她还可以清楚地感觉到来者是谁。纪香回转过头看着樱花街的尽头，一样是空无一人的街道，可是脸上的笑容还是那么清晰，她知道一定有人的。

的确，从樱树后走出了一个帅气的男孩，他脸上的笑依旧那么阳光，就像永不落日的太阳温暖着每一个人。

“你不是在中国吗？怎么突然回来了？”纪香的脸上是很久都没出现的笑容了。

“我突然想起曾经答应一个女孩子，下初雪时要回来陪她一起看雪。”Jame 扯动着嘴角。

低着头，可是心里还是有说不出的高兴，原来他记得她无意中说的一句话。

嘭！一个雪球又飞向了纪香，“在想什么呢？”Jame 坏坏地笑道。

“好啊，你敢扔我，看我……”纪香随手抓起地上的雪准备向 Jame 扔去，握着雪才发现 Jame 早已跑得很远了，“别跑，站住。”纪香追着Jame。

那天下午他们在樱花街疯了好久，雪开始越下越大，纪香却没有回家的念头，就这样她和Jame一直在樱花街笑着，闹着。

一片片的雪花散落下来，纪香忍不住伸出手去接着飘落的雪花，脸上是笑，她张开双臂不停地在雪花中旋转着，与雪花共舞。Jame在一旁静静地看着，没有半点打扰她的意思，嘴角露出的满是宠溺的笑。累了，他们一起坐在樱花街旁的凉椅上休息。

“Jame，谢谢你。”纪香突然转过身认真地对身旁的Jame说。

“嗯！”Jame笑着揉了揉纪香的头发，“傻丫头。”接着转过头看着漫天飘舞的雪花。

“我喜欢你。”说了，还是说了，以为这辈子不会对她说起这句话的，可是Jame还是不小心让它从嘴里溜了出去，只是声音太轻，与风一起风化在了空气里。纪香没有听到，她一直专心看着雪景，脸上露出甜甜的笑。

恍惚间似乎也听见了那么一点Jame的声音，“嗯？”她转过头看着正在专心看着远方的Jame，刚才没听清的那句话是错觉吗？纪香疑惑地看着Jame，终于她还是问出了自己心里的话，虽然只有那么一下下，但是她还是可以很肯定地说刚才那个是Jame的声音。

“你刚说什么啊？”纪香偏头看着坐在自己身旁的Jame。

笑，Jame脸上依旧是她再熟悉不过的微笑。“没什么啊！”Jame回应着她。

虽然知道Jame刚才一定有说什么，但是纪香从不勉强Jame说出他不想说的话，即使她很想知道。纪香知道只要是Jame不喜欢说的，怎么样他也不会说的。

看着身旁的纪香没有再追问下去的打算，Jame 长长地松了一口气。是的，如果纪香再那么追问下去一点点，他一定会妥协说出去的。虽然以前朋友常说他是那种不想说就是打死都不会说的那种人，可是也就只有 Jame 知道不是那样的。在他的世界里，纪香一直是一个意外。每一次，只要纪香用力那么一点点，只要纪香倔那么一点点，他都会马上高举白旗投降。只是因为他不要纪香的脸上出现一丝的失落。

"Jame，好久我都没看见我哥笑了，今天他看见你一定会很开心的。"纪香说出了自己心里的话。

"嗯。"Jame 用鼻子小声地应了一下，他不知道纪香有没有听见，他只知道这次回来，纪香有点与以往不一样了，但到底是哪里不一样，Jame 又说不上来。

"走吧！"Jame 站起身来对还坐在座椅上的纪香说，他的眼里有掩饰不住的疲惫。

"Jame，你一下飞机就到这里来了吗？"纪香突然问话，Jame 愣在了原地。

他没有正面回答她，只是回头对她笑笑说："走吧！"

纪香没有再说什么，可是 Jame 眼里的疲惫她看见了，眼里有些许的湿润。是感动吧，会有人笨到不顾自己的身体而从那么远的地方跑来，只是因为她说过的那句话。

感觉到纪香的停顿，Jame 放慢步伐，转过身望着跟自己掉了几步之远的纪香，"怎么了吗？"Jame 轻声地问。

纪香没有回答，只是快步走上前，环抱住了 Jame 的腰。

纪香突如其来的拥抱让 Jame 傻了眼，但他还是伸出手揽住了纪香的腰。

"Jame，谢谢你。你真是全世界最好的哥哥。"纪香在

Jame 的怀里说。

没有人注意到 Jame 搂着纪香的手颤抖了一下，僵硬的，也只是那么一瞬间，因为他是 Jame，在哪里都能笑着面对的 Jame。

“好了啦！”Jame 拍着纪香的肩。

“我们回家吧！”纪香从 Jame 的怀里爬起来。

似乎知道 Jame 会回来，折翼今天练琴的时间结束得特别的早，也让家里的用人弄了一大桌好吃的东西。

“Jame，欢迎回国。”折翼站在屋前微笑着，在 Jame 的肩上给了一拳，“在外面过得好吗？”吃饭时折翼问起了 Jame，“如果不习惯还是回来吧！”

Jame 笑着吃着手中料理，“不会，外面的世界很大，多在外面看看也好。”这天晚上他是这样告诉大家的。晚饭大家吃得很开心。

Jame 和折翼一起坐在露天花园里，纪香有事出去了。

“Jame，流浪真的好吗？”折翼的声音低低的。

院子里很静，静到可以准确地听到轻风拂过时叶片在微微作响。

夜很静，天空中布满了星星。一旁的游泳池里的水泛着淡淡的波光，半月倒映在池里格外耀眼。Jame 躺在睡椅上，双手枕在脑后，望着天空中零碎的星星发呆。

不是 Jame 不肯回答折翼的问题，而是 Jame 根本就忘了要怎么回答。他知道他可以骗过所有的人，但唯独他骗不了折翼，折翼总能不费丝毫力气就能很清楚地知道 Jame 心里在想些什么。

“今天其实你不忙对不对？”Jame 的声音久久地回荡在空气里。

这一次换折翼用沉默来代替回答了。

可是Jame还是在心里明确了那个答案。

是的，折翼今天不忙。他还记得曾经和Jame一起答应过纪香下初雪的时候一起陪她去看。其实早在几天前，他就把时间挪出来了。只是他突然想到Jame一定会回来，所以也就跟纪香说自己有事不能陪她看雪了。

是的，Jame是喜欢着纪香的，这一点折翼从很小就知道了。他一直以为纪香有一天可以发现Jame的好，发现那个陪着她的人是Jame。

是的，同样折翼也知道纪香对自己也有一种另外的情感。可是对于纪香，她只是妹妹，他们只可能是兄妹，不会再有其他什么以外的感情。折翼可以清楚地知道自己这一辈子也许不会再有那样的感情了，所以对于纪香，Jame才是她最好的归宿。

一直在练着琴的折翼也没有太大的心思，所以早早回家要用人做了几道他们爱吃的菜。就算Jame一直都没有说过自己会回来，也很少打电话，可是折翼仍能清楚地感觉到Jame一定会回来。只是因为初雪是纪香的最爱，而纪香是Jame的最爱。

“留下来吧！”折翼的声音很轻。

Jame依旧仰望着星空，终于他还是开口回了折翼的话，“我在那里和朋友一起念书顺便工作，这次回来只是想看看你们，我在流浪，流浪也可以让我学会很多东西。”

折翼没有开口再劝说Jame，他知道一旦Jame做了决定，就很少被改变的。

那一晚折翼和Jame没有把话再交谈下去，两人一起躺在睡椅里一同望向深邃的星空，各自想着各自的事。

“明天我就要离开了。”晚饭的时候，Jame 这样对大家宣布着。

“这么快，不多待几天吗？”折翼问着 Jame，纪香也用同样疑惑的眼神望着他。

“不了，朋友打电话说那边有事要我过去。”Jame 微笑着说。

“明天不要来送机了，你们知道我不喜欢那种场景。”Jame 的笑依旧阳光。

“那什么时候还会回来？”这一次开口的是纪香。

Jame 抬起头看了一眼折翼，“折翼的钢琴大赛我一定回来。”

这顿饭大家吃得同样开心，却也多了点离别的凄楚。

第二天纪香还在上课，Jame 便踏上了旅途，他不喜欢别人的送别，那样他会舍不得离开，舍不得放下。

最爱樱花雨（四）

Jame 的离开让纪香的生活又恢复了平静，平静到令人乏味。折翼依旧每天练着钢琴，准备着不久后的国际钢琴大赛。虽然不知道哥哥为什么突然这么重视比赛，应该是有什么值得哥哥停留的人吧。纪香知道哥哥在乐坛一直都有个很好的朋友，虽然她从来没见过那男孩子长什么样。

距离 Jame 的离开也快半年了，折翼的钢琴会也快到了，樱花街的樱花也快开了，那 Jame 呢？他是不是也快要回来了。

Jame 总是拿好多的事情来做，告诉自己不再想念，有好几次拿起电话想给纪香打电话，可是每次都会想，这么晚了，也许她已经睡了。她会想念吗？不会！这是 Jame 再确定不过的事了。

可是没有人知道他有多么想念她，想到心都疼了，可是他不能，什么都不能。他可以做的只是守望着她，远远地看着她。他可以是她的朋友，她的知音，她的兄弟……可是就不能是她的男朋友。该放手的，可是没有人知道该放手的这条路怎么走……

一样的夜，一样的星空，纪香看着满天的星宿发呆……她身边的朋友本来就不多，Jame 的离开只能告诉她，她的世界又开始寂寞了。床上的手机铃声拉回了她飘向远方的思绪，转身回到床边，拿起电话，上面闪现的是那个熟悉的电话号码。已经好久没有看见这个号码了，到底有多久纪香也不记得了，傻愣间她还是按下了接听键。

“Jame。”纪香的声音很轻。

电话那头始终是沉默的响应。

“Jame，你怎么不说话，怎么了吗？”纪香的声音开始变得焦急。

“我好想你。”声音太轻，被电话那头嘈杂的声音掩盖住了。纪香听到的只是嘈杂的汽车声，还有一个很动听的女人的声音。“Jame，你醉了，我送你回家。”

“Jame，你在哪里，你喝酒了吗？”纪香大声地对着电话吼着，希望电话那头的他能够回答她的话。

没有回答，什么也没有，依旧留下的是嘈杂的声音……

“嘟……嘟……”嘈杂的声音被电话断线的声音取而代之。纪香久久地对着电话发呆，那个女人应该是他的女朋友吧！

她早就应该知道的，不是吗？他们都大了，会有自己的生活，不会再有人像小时候那样围着自己转了。这是她很早之前就应该做好的心里准备，不是吗？可是为什么现在还是会有一点点的痛……

是不习惯吧，过段时间就好了，纪香这样对自己说。只是那一夜，纪香第一次为折翼以外的人失眠了。

日子一天天地逼近，折翼的钢琴大赛就要到了，转眼已经半年了。

“怎么回来也不事先打个电话，我可以到机场去接你啊！”折翼扔给 Jame 一瓶可乐。

“就是怕麻烦，所以就没有通知你们啊。”Jame 淡淡地笑着，是啊，没有人知道他已经多久没有笑了。不，他是笑过的，甚至他每天都会笑，只是又有多少人知道他的笑容里是包含感情的啊！

“那回家吃饭吧，要是纪香知道你回来一定会很开心的。”折翼笑着说道。

有多久没看到折翼的笑了，Jame 快不记得了，应该快半年了吧！因为他也将近半年没回来了。那纪香的笑呢？他是否还记得呢？这个问题，Jame 也想这样问问自己。

刚踏进家门，折翼就对着楼上说：“纪香快出来，你看谁来了？”

听见折翼的声音，纪香快速地从房里出来，“哥，怎么了啊？”显然纪香还没有发现站在窗户角落的 Jame。

“把你的脑袋向东南方向偏转四十五度。”很难得折翼会用这么幽默的口吻说话。

不管折翼说的是什么，纪香还是照着他的话做了，只是才一转眼自己的身体就定格了。窗户角落那抹纤瘦的身影是她再熟悉不过的人了。是的，不管发生什么事，她都会一直记得这抹背影的，因为他曾经在纪香的生命里出现了那么多年。

“Jame。”纪香的声音很轻，不过她依旧可以肯定地知道Jame会听见的。

的确，Jame转过身，对着那张他想了不下千百遍的脸绽露出微笑，“丫头，我回来了。”

纪香迅速跑下楼，跑到了Jame身边，给他一个大大的拥抱。没有人发现纪香突如其来的拥抱让Jame的肩微颤一下，可是在一秒后，Jame又恢复了那张笑脸，Jame也伸出手拦住了纪香的腰。就最后一次吧！让他再享受一下她的体温。Jame在心里暗自对自己说。

这一切都看在了折翼的眼里，没有人比他更期待看到这一幕了。在他的心里已经期待好久了，嘴角不自觉地露出一丝笑，很久没有这么开心过了。

其实在折翼的心里又何尝不知道纪香的想法呢？只是他什么也不能做。他做不到响应纪香的感情，因为连他自己也不知道自己冰冷的心要怎样才能填满，或者说根本就无法再填满了。他不是那个适合纪香停靠的彼岸，他能做到的仅仅就只是哥哥。Jame才是她最好的归属。

“好了啦！”Jame拍拍纪香的肩，“下飞机到现在一直没吃什么东西，肚子好饿哦。”Jame懒洋洋地说。

“好了，那我们开饭吧！”折翼对着纪香和Jame说。

晚饭大家吃得都很愉快，这样愉悦的气氛已经很久没出现了。

“对了翼，你的钢琴赛到底是哪天啊？”饭桌上Jame突然问折翼。

“你不知道吗？”折翼好奇地看着Jame，那他这么准时的回来干吗啊。

“我是不知道究竟是哪天，只知道一个大概的时间，所以就回来了。应该还没有过吧！我最近一直都有在看报纸，还没看到这方面的消息，所以就回来了。”Jame吃着手里的饭团说。

“两天后就是哥的钢琴大赛了。”纪香代替折翼回答了问题，折翼在一旁点着头。

“有多少信心可以夺冠啊？”Jame笑着问一旁的折翼，虽然他知道折翼的钢琴一直弹得很棒，而且也拿过很多奖，但是这一次Jame还是忍不住问了。

“这点你可以放一百二十颗心，哥他一定会拿奖的。”想起折翼这半年来努力练着琴，纪香就忍不住说了出来，她是看着折翼进步的。

“那我就拭目以待了啊！”Jame吃着手里的东西，笑呵呵地看着折翼，是啊，他也一直认为，只因为他是折翼。

“这一次的钢琴赛没有你们想得那么简单，因为他也会参加。”折翼笑着说出了这么一句话，脸上满是期待的笑容。纪香这才发现折翼只要提到那个他，就一定会笑得很快乐。

“哥，那个他到底是谁啊？”终于纪香问出了自己哽在嘴里很久的问题了。

折翼回过身才发现，Jame也正用一副好奇的眼神看着他，看着眼前这两双期待的脸孔，折翼终究还是忍不住笑了笑，“他啊，是个帅哥啊！”折翼卖关子似的说。

Jame没好气地翻了个白眼，“我们有问你他长得帅吗？”

看着眼前的这两人，终于折翼还是决定说了出来，站起身他走到窗前，看着院子里的景色，“他叫旭日，是我在乐坛的朋友，他的钢琴同样弹得很棒。”天空中有鸟儿飞过的痕迹。“他的钢琴弹得并不比我差，所以他将是我最大的对手。不管结果怎么，这一天我已经等很久了。”折翼的声音很轻，就像耳边经过的清风，不注意就不会被发现。

钢琴大赛终于如期举行，折翼独自一人坐在后台的准备室里。前台已有人在演奏了，折翼的编号是在旭日后面，可是旭日呢？这么久了他还没有出现。折翼不停地望向演奏厅的门外，手里的手机一直不停地拨着那个熟悉的电话号码。空寂无人的回应让折翼的心开始下沉，可是手里的动作还是一刻不停地进行着。旭日不是这样的人，他向来都是有担待的，可是这一次……折翼不敢想下去，也没有心情想下去。

一直到折翼上场。

手指虽然一直敲着琴键，但折翼的眼神却时不时地飘向门口，他会来吗？会的，这是他们的约定，旭日不是不守约的人。

优美的音乐从指间流出，观众都听得入神了。纪香紧握着Jame的手，她也醉在了折翼的琴声中，一曲结束，全场哗然。

“Jame，你说我哥会拿奖吗？”纪香激动地问着身边的Jame。

“会的，一定会的。他是我见过的最年轻、最棒的钢琴家了。”Jame笑着对纪香说。

折翼缓慢地下了场，可是在心底的最深处，他还是期盼旭日可以在最后一秒的时间里赶到现场……

可是钢琴赛结束了，大赛评委也向外宣布了这次的成绩。毫无疑问，折翼在大赛中获得了冠军，全场都在为他的成功喝彩。纪香激动地拉着Jame的手说：“Jame，你听见了吗？我哥他拿冠军了啊！”

“嗯。我看见了，他是最棒的啊！”Jame笑着附和着纪香。

拿着奖杯，看着众人为自己的胜利不断道着喜，折翼却笑不出来，到最后他还是没有来，这一天日本的街头纷纷扬扬地飘起了细雨。

折翼独自一人走在街道上，心里没有喜悦，反而比以往更空了。他不喜欢这样的感觉，但这种感觉挥之不去……

“哥，恭喜你获奖。”晚上纪香要用人准备了一大桌饭菜来庆祝折翼的成功。

这顿晚饭，折翼依旧是笑着吃完了，就算心里有再多的情绪，他也不会让自己过多地表现出来，他不希望因为自己而扫了大家的兴致。

晚饭后折翼依旧喜欢到花园的睡椅上躺一会儿。

“为什么拿奖还不开心？”Jame在折翼身边的睡椅上也躺了下来，也许所有人都看不出折翼隐藏的情绪，可是Jame看到了。

“每次都会被你看出来。”折翼的嘴角不自觉地扯过一丝笑。

“忘了，我们从小一起长大的啊！如果这都不能知道，那还怎么当你的兄弟啊！”Jame的脸上露出一丝微笑，“翼，每次为了不让纪香担心，你都会把自己隐藏得很好。那样很辛苦，真的很辛苦。”Jame的声音出奇的轻，就好像他不忍打破这宁静的夜。

“那你呢？隐藏了那么久不是也很累吗？”折翼没有看向Jame，而是抬头看向夜空。

今晚没有星星，只有花园里微弱的灯光照亮了宁静的夜！

“Jame，一直以来你是最了解我的人，你也一直都能看出我心底的想法。我也一直以为，这辈子我也只会遇见你这么一个知音了。”

夜很静，偶尔有几片树叶拂动的声音。Jame 没有接下折翼的话，只是在一旁静静地听着。

“一直到我在乐坛遇见旭日。是的，他是出色的优秀，阳光到可以带动每个人脸上的笑容。我们是两个不同世界的人，我的沉默让我不喜欢接触外人，他是第一个走进我的心成为我的朋友的人。一直以来我们都是一起练琴，一起欢笑。我们约好这一次比赛无论输赢都要全力以赴……可是今天他失约了……”

Jame 没有说话，他只是拍了拍折翼的肩。

隔天，在大家吃完中餐后，Jame 突然开口说：“明天我就要离开了。”

这一次没有多少人再说什么，只是纪香突然开口说：“下午我们一起去看夕阳好不好？”

Jame 没有拒绝，折翼点点头。

这个下午，纪香靠着折翼的肩上，陪同 Jame 看完了夕阳。

“我们还会有机会像这样一起看夕阳吗？”纪香的声音太轻，轻到如青草无意地摆动了一下自己的腰身，让人难以发现。

第二天 Jame 离开了，同样不需要任何人的接送，消失在了人群里。

同样纪香也发现折翼比以往更沉默了。虽然他也常常对自己笑。

只是突然有一天，折翼告诉纪香他想去念书，想去那个有旭日的城市里，他想去看看他的朋友。

这一年，折翼也离开了纪香的世界。她甚至没来得及开口说“哥留下来陪陪我”，折翼就已经离开了。

最爱樱花雨（五）

这一次纪香的世界彻底变得安静了，现在连话不多语的折翼也离开了。虽然Jame和折翼也经常打电话给她，可是那种没人在身边的孤独感包围着她，让纪香快要透不过气了。

终于思考了好久，纪香决定到那个有着折翼和Jame的城市去。她想知道那个城市里到底有什么，可以那么吸引，让那两个在她生命中同等重要的人都先后离去。

踏上这片新的土地，呼吸着不同的新鲜空气，抬头望着这片碧蓝的天空。这个城市里没有樱花，却让纪香没由来地感觉到接下来的时间里，她的世界一定会起变化。这种挥之不去的感觉反而让纪香的心沉淀了下来，要发生的始终要发生，那就静静地等待吧！突然不知道自己什么时候也有这样的感觉了，隐约间纪香还记得这好像是中学时Jame教会她的东西。

纪香低头笑笑，好像真的已经很久没有看到Jame笑了，不知道他现在过得好不好。拿出手机，纪香拨通了折翼的电话号码。没有事先通知折翼自己会过来，是害怕他不让自己过来。等下了飞机，纪香才发现在这个陌生的城市里她根本就不知道哪是哪。

纪香的嘴角扯着一丝笑，因为她又听到了那个熟悉的声音，“哥，我在机场，你可不可以来接我啊！”纪香小心翼翼地说着。虽然知道折翼从不对自己发脾气，但是她还是不想惹他生气，让他担心。毕竟这么多年，自己一直是折翼心里最担心的那个人。

所以好多次她都告诉自己学会坚强，不可以让任何人担心。

折翼没有一句责备的话，而是淡淡地说："你站在那里别动，我马上来接你。"

"怎么会想到来这里？"车上折翼还是忍不住好奇地问坐在副驾驶座的纪香。

"我一个人在日本很无聊，又没有人陪我。哥，你不喜欢我来吗？"纪香小心翼翼地问着折翼。

"没有，不要乱想。"折翼笑着对纪香说，"我们先回家，你刚下飞机肯定也很累了，先回去休息一下，有什么事等休息好再说。"

"嗯，好。"纪香点着头。

晚上，Jame 靠坐在吧台上，望着酒杯里的透明液体发呆，刚才接到折翼的电话。折翼跟他说纪香过来了，Jame 的嘴角不自觉地露出一抹笑。那个像梦一样的温柔女孩，他已经很久没有见过了，不知道她好不好。可是一想到最近的事，Jame 的嘴角的笑就显露不出来，也许该发生的始终会发生。他还记得自己生日那天折翼带来的那个女孩子，不是很漂亮却也有着迷人的气质。Jame 甚至可以很准确地感受到折翼对那个女孩子不一样，最起码认识折翼这么多年以来，这还是第一次他带除了纪香以外的女孩来。隐约间，Jame 还记得那个女孩子叫谢雨桐。

只能期盼纪香的伤不会太深。

深，应该是一定了吧……端起酒杯，Jame 一个人独自喝着，好多次他想纪香的时候也是一个人坐在这里，一个人喝东西，一个人听音乐……不想说话也拒绝交谈。

"纪香，你想见Jame吗？"吃过早餐，折翼就问起了纪香。

"当然想啊！我已经好久都没有见到他了，不知道他过得好不好。"纪香自顾自地说着。

"那我带你去看看他吧！我也给他打过电话了，告诉他你过来了。"折翼微笑地说着。

在法国式的西餐厅里，折翼，Jame，纪香坐在了一起。

"纪香怎么会想到来这里玩啊？"Jame微笑着问。

"没有啦！就想你们啊，所以过来看看。"纪香也微笑地回答着Jame，可是这样的气氛让纪香觉得不舒服，就好像她和Jame一下子陌生了好多。

"纪香怎么了啊？"看着纪香发呆的样子，Jame忍不住好奇地问。以前纪香很少出现这种表情的。

"啊？没什么啦！"纪香回过神来对Jame笑笑。

"哦，没事就好。"Jame刚想说些什么，手机响了，"抱歉。"他对折翼和纪香抱歉地笑笑，接起了电话。

"怎么了吗？"挂了电话，纪香发现Jame的脸色不太好看。

"没什么。"Jame笑笑，"我还有事，可能不能和你们把这顿饭吃完了。"Jame挠着头不好意思地说。

"没关系，难道我们还怕没机会吗？你有事就先去忙吧！"开口的是折翼。

Jame起身离开，在走到门口的时候，他还是忍不住回头看了纪香一眼，"纪香，你有事就打我的电话吧！还是那个号码，一直没换。"Jame留下这句话便走了出去。

望着Jame渐渐远去的背影，纪香没有说什么，只是嘴角还是露出了一抹浅笑，很淡，也许连她自己也没发现。只是Jame的最后那句话好像又回到了从前，原来陌生和熟悉有时候可以跨越得这么简单。

这几天折翼都一直陪着纪香，“纪香，我们出去喝点东西吧！我最近觉得那家东西不错，带你也去试试。”

“好啊！”纪香开心地说着。

坐在茶餐厅里，折翼还是问出了那个藏在心里的问题，“纪香，你打算留在这里吗？这里没有你喜欢的樱花。”

纪香笑笑，没有回答折翼的问题。

“快尝尝。”折翼仍然是笑着的。纪香笑着吃东西，的确这家的东西挺好吃的。可是在低头间，纪香像是看见了几抹身影向他们走来。

“回学校念书。”没来由的一句话让纪香抬起了头。眼前这个并不算漂亮的女孩子，可是却可以让纪香感到也许真的有什么事要发生了。

“纪香，我的同学来了，我要回学校了，你自己回去好吗？”折翼看着那个女孩，却是在对纪香说话。

“嗯，好。”纪香依旧是笑着的。看着折翼离去的背影，纪香好不容易才把视线又放到了餐桌上。

吃完东西，纪香就不想再去什么别的地方了。突然她想回家，可是站在马路上看着来去的车辆，纪香才发现自己不知道回去的路该怎么走。

打电话给折翼吗？算了，他都回学校了，不能再让他跑回来，那……犹豫了很久纪香还是拨通了Jame的手机号码。

“Jame吗？我是纪香，你现在忙吗？”纪香的声音柔柔的。

“嗯，怎么了吗？”

“我……我迷路了，所以可不可以麻烦你来接我一下。”纪香断断续续地说出了口里的话。

“好，你站在那里别动，告诉我你身边大概有什么标记，我过来接你。”Jame 沉着地说，这样也让纪香的心一下子安定了下来。

纪香抬头看了眼茶餐厅的名字，顺带也看了看附近的一些其他标志，对 Jame 说了大概的位置。

“纪香，你先到茶餐厅再坐坐，我等下就过来。”Jame 挂了电话，拿起桌上的钥匙就走了出去。

纪香在茶餐厅又点了一杯饮料，本来以为 Jame 会很久才能找到这里，可是没想到自己才刚坐下不久，Jame 便出现在了她的眼前。

“等很久了吗？”Jame 气喘吁吁地问。

纪香抬头看了眼 Jame，拉开身边的位子让他坐下来休息一下，“没有，你来得很快。”纪香低下头笑笑。

“怎么你一个人在这里，折翼呢？”Jame 好奇地问。

“刚才他遇见他的同学，所以他和她们回学校了。”纪香低着头缓慢地喝着手里的饮料。

“同学？”这一次 Jame 比先前更迷茫了。折翼不会是为了和同学离开就丢下纪香的人，一定是有什么事。Jame 的心里无比确定地想着。

“就是一个很特别的女孩子。”纪香想不起其他的那两个女孩子长什么样了，可是那个女孩子在她的脑海里却是如此清晰。

“你看见她了啊？”Jame 小心翼翼地问。

像是发现了什么，纪香看着 Jame，“Jame，你也见过她啊？那你也认识她吗？”

Jame 望着窗外摇曳的树叶，“我只见过她一次。”Jame 的声音很轻。纪香没有开口再说什么，她依旧喝着果汁。良久，她才对 Jame 说："Jame，送我回家吧！"

回到家纪香独自一人坐在沙发上发呆，直到电话铃声打断了她的思绪，接起电话，那头是纪香好久都没见的人了。

"爸，有事吗？"纪香轻声地问。

"也没什么，就是看看你过得好不好，还有纪香啊，我在美国请了一个很不错的医师，你可不可以回日本一趟。"父亲永远都是温和地对纪香说着话。

这么多年了，纪香对自己的病也早就看得很轻了，她早已不怪任何人了。只是父亲那么辛苦地为自己做了那么多，她真的不忍心再惹他伤心了。

"好，爸，我明天就回来。"纪香温和地说。

父亲还是没有挂断电话，一直问着一些无关紧要的琐事，可是纪香知道父亲其实是想知道折翼过得好不好。

"爸，哥他过得很好，你不用担心。"纪香微笑着说，父亲永远都是这样，心里的爱都放在心上，从来不让哥知道，也任由哥哥的脾气。可是隐约间，纪香也可以清楚地感觉到其实在哥哥的心里也是关心父亲的，只是他们中间究竟隔着什么事，纪香就不知道了。

挂了电话，纪香给自己倒了杯水，哥哥还没有回家，打开电视，无聊地一直换着台，纪香的眼神又落到了茶几上的手机上。

拿起电话，她拨通的 Jame 的电话号码。

"Jame，我明天回日本了。"纪香的声音很轻。

"怎么突然要回日本？"Jame 好奇地问。

"没有，爸爸刚才打电话来说有事找我，所以我要先回日本一趟。"

"那还过来吗？"Jame低沉的声音从电话那头传来。

"看吧！如果在日本不忙就过来。"挂了电话，纪香走到窗前，望着窗外的街景发呆。

开门的声音让纪香回转过头来，"哥，你回来了啊。"纪香走到折翼面前笑着说。

"嗯，吃过饭没？"折翼关心地问。

"吃过了，对了哥，明天我就要回日本了。"纪香和折翼一起坐在了沙发上。

"怎么不多玩几天？"

"爸说要我回日本有点事，我还会再来的啊。"纪香笑着说，"哥，我回房了，你早点休息。"

"嗯。"折翼点点头。

机场折翼和Jame一起来给纪香送行。

"不是说你们忙就不要来了吗？"纪香笑着说，"人家还想试着学习一下Jame那样，独自一人上路，可是每次你们都不给我这个机会。"纪香嘟着嘴说着。

"唉，那是我的专利好不好，你可不能和我抢啊！"Jame显露出了他那张玩世不恭的笑脸。

"好了啦！我要进去了，拜拜。"纪香转身向闸口走去。

纪香再一次踏上这片热土的时候已是深秋了。纪香笑着走到折翼面前说："哥，我想来这里念书。"本以为折翼不会答应，纪香也做好了所有的心理准备。

"这里没有樱花，也不比日本，你还会想留在这里念书吗？"折翼的声音很轻，没有半点询问的意思，只是他想知道这是不是纪香心里最真实的想法。

“嗯，我想好了，我想在这里念书。”因为这里有你啊！最后那句，纪香，还是把它藏在了心底。

“如果这是你喜欢的，就留下来吧！”折翼依旧是笑着的，是啊，纪香都快忘了哥哥对她好像真的从来都没有说过不的。

午后的法式餐厅里稀疏地坐着几个人，大家各自闲聊着什么，在靠窗的一边，三个青年正开心地聊着什么，脸上都荡开了开心的笑容。

“纪香，这次来准备待多久？”Jame 无意地随口问问，像是在说什么别的事一样。

“我想留在这里念书，在日本待久了也该出来走走了嘛！怎么，不欢迎？”纪香打趣地笑问。

“不敢，欢迎之至。”Jame 坏坏地笑着。

“你啊！还是没变，还是喜欢恶作剧啊！”纪香没好气地翻着白眼。

“有吗？”Jame 把玩着手里的餐具。

“我们好久没这样一起聚过了。”折翼像想起了什么。

“嗯！”Jame 赞同似的点点头。

“你们还说。”纪香没好气地瞪着旁边的这两位似笑非笑的大帅哥。他们有多久没这样一起吃东西谈天了啊！自从哥开始沉迷于音乐，开始到世界各地去学习演奏，他们就很少一起玩了，是不是大了就都有自己的世界啊！至于 Jame 他是什么时候离开的，纪香快不记得了。她只记得一个阳光充沛的午后，Jame 告诉她他要去流浪了，要纪香好好照顾自己。虽然每年她生日都可以收到他从不同地方寄回来的礼物，可是从那以后他们好像就再没像现在这样好好聚过。

“学校的一切弄好了吗？”Jame 问坐在对面的纪香。

“嗯，一切都弄好了，下个礼拜就可以去上学了。”纪香说着。

“真的决定留在这里？”Jame像不确定什么似的再问了问。

“嗯。”纪香肯定地点点头。

Jame正想说着什么，手机铃声打断了他，“对不起。”他抱歉地对纪香和折翼笑笑，接听了手机。

“抱歉，我有事要先走了。”Jame满脸歉意地望着纪香。

“没关系，你有事就先去忙吧！”纪香随意地对他点点头。

再次见到Jame的时候，纪香是在入学的前一天，那天的天气很好，天空蓝得透明，Jame带纪香去附近的小山上去坐坐。

“好漂亮的地方哦！”纪香伸开双臂，脸上是愉悦的笑。

“我就知道你一定会喜欢。”Jame的双手插在裤兜里，倚靠着一棵老树，看着远方说。

“你是怎么发现这里的啊？”纪香好奇地问，虽然Jame也喜欢这种地方，但是凭她对Jame的了解，他一般是不会自己到这么远的地方来。

“有一次和朋友钓鱼，他们带我来的，后来才发现这个地方真的很漂亮，所以有空也就常来这里坐坐。”每次想你的时候我都会来这里，Jame笑着低下了头，把最后那一句话隐藏在了心底。

“Jame，我见过那个叫谢雨桐的女孩子了。”纪香的脸上依旧是笑，只是看在Jame眼里却无比刺痛。

Jame没有说什么，只是伸出手把纪香静静地搂在了怀里。

Jame抱得很紧，却没有给纪香任何不舒服的感觉，他的怀抱永远温暖得令人不想放开。不知道以后这个怀抱里会有一个什么样的女孩子，想到这心里还是会出现一种莫名的感觉，心像被什么东西堵住了似的。纪香不喜欢这样的感觉，突然从Jame的怀里挣脱，走到小溪边。

“Jame，这里的枫叶好红哦！”纪香看着刚从眼前飞落的树叶发呆。

“是啊！这一带就数枫树最耀眼，尤其是像这样的深秋，枫叶染红了半边天。纪香，你看这像不像我们小时候一起看过的夕阳的样子。”Jame对着这片枫树林发呆。

“是啊！真的很像我们小时候一起看过的夕阳。”纪香和Jame一起坐在草地上，看着远处的风景发呆。

倚靠着Jame的背，纪香缓缓地开口说：“Jame，我们都回不到小时候了，是吗？”

Jame没有回答，或者说Jame也不知道怎么回答，一样的问题曾经他也这样问过自己，只是那个时候他自己也没有找到答案。

“回去吧！”Jame开口对纪香说着，起身拍了拍裤上的灰尘。

一连几天都过得很平淡，纪香也入了学，在这个陌生的环境里开始了她新的生活。哥哥开始继续练他的琴了。纪香还记得大赛结束以后，折翼就好像换了一个人似的，他不再每天练琴，甚至已经很久没练琴了，直到他对纪香说：“我想去另一个城市。”

虽然不知道哥哥为什么会不再练琴，现在却又开始练起琴来，但是纪香却可以很肯定地知道是和那个叫谢雨桐的女孩子有关。

心里会有那么一点点不喜欢，她不喜欢那个叫谢雨桐的女孩子，可是她也想谢谢那个女孩子，她让自己看见了一个不一样的折翼。也许哥哥来这里是对的，可是她呢，她来这里究竟是对是错。

纪香站在家里的落地窗前发了好久呆，等到开门的声音她才缓了过来，折翼没有说话，而是径直走到沙发前，把自己扔在了沙发里。

“哥，你怎么了？”纪香小心翼翼地问着。

没有人回她的话，折翼像是根本就没有听到。纪香想走近折翼，可是脚下的步子只挪到了门口就再也无法移动了……

纪香在门口站了多久，她已不记得了。她的眼神从未离开过坐在沙发里的折翼，她只知道他在那里坐很久了，久到让她觉得他好像没有动过一样，纪香叫了好几声“折翼”，只是他好像太入神了……

这样的他令她害怕，隐隐约约中纪香只知道是她，那个叫谢雨桐的女孩子。仿佛过了一世纪，折翼终于有了变化，他走到纪香身边，紧紧地拥住了她。折翼不知道自己怎么了，他只知道自己如果再不发泄一下，就一定会难过地死掉。隐约中他能清楚地感觉到自己遗失了什么，一个很重要的东西，一颗自己的心。纪香就任由折翼这样抱着，他们谁都没有说话，或者她忘了自己该说些什么。对他，她的身份好像永远都只是妹妹。

“哥……”纪香的声音很轻，仿佛这不是从嘴里发出来的一样。

“我喜欢上她了，纪香，我爱上她了。”声音很微弱却在耳边不停地回响着。纪香的身体微微地颤抖了一下，只是折翼没有发现。他放开纪香，径直向自己的房间走去。

纪香什么也没有说，她只是任由自己的身体随着墙滑落在地上。地板很凉，但她的心更凉，像跌入了永无止境的黑暗里，不断地下沉，下沉。

纪香忘了自己是怎么拨通Jame的手机的，她只知道Jame来时自己已经在酒吧里待了好一会儿。

“不要再喝了。”Jame拿下了纪香手里的酒瓶。纪香愣愣地坐在那里出神，突然她失神地笑了，笑得凄美，直到眼泪再也忍不住滑落嘴角。Jane下意识地握紧了拳头，艰难地闭上眼睛，眼神疲惫，原来自己还能呼吸。睁开眼，眼神还是那么清澈透明，仿佛刚才那只是另一个人，一个过眼烟云。

Jame把纪香拥进了自己的怀里。

“他说。”纪香闭上眼任由眼泪滑落在Jame的衬衫上，脑海里还闪现着刚才的画面，“他说，他爱上那个叫谢雨桐的女孩子了。”纪香缓缓地开口，把头埋得更低了。

时间一分一秒地过着，Jame搂着怀里的纪香，“你醉了，回家吧！”声音很轻，却有着不容拒绝的肯定。

“我不想回家。”Jame没有听到似的，结了账，抱着已有点醉意的纪香向外走去。

夜很静，Jame简单地在电话里向折翼说了几句便收线了。看着床上睡熟的人儿，Jame弯下腰，用手抹去了她眉间的皱纹，静静地看着她，随即又低下头，为她盖好被子，站起身向外走去，把自己留给了漆黑的夜，门缓缓地关上，像是隔离了他们的世界。

坐在客厅里，Jame没有开灯，以为自己不会痛的。出来这么久，不就是为了做到这一点吗？可是为什么看见她哭会比他说“Jame，我喜欢折翼”更令他心疼呢？

闭上眼，Jame让自己跟着夜一起沉寂。

最爱樱花雨（六）

看着哥哥痛苦的样子，纪香还是做了决定，去找那个叫雨桐的女孩子。她真的不能再看见哥哥这个样子了，折翼最近的样子令她担心也令她害怕。

见到这个梦一样的女孩时，纪香好像终于知道折翼为什么会喜欢上她了，的确，她是一个很不一样的女孩子。

没有想过会在和雨桐谈话的时候发病，害得哥哥又和那女孩子吵架了。

等纪香彻底清醒过来的时候，已是第二天的中午了，睁开双眼望着洁白的天花板，医院呛人的医药水味扑鼻而来，隐约间她还记得昨天发生的事。

纪香挣扎着要起身，“别起来，躺下！”说话的是折翼，从昨天到现在他一直守着纪香，当然还有 Jame。

“想吃点什么吗？我去买。”Jame 笑着对纪香说。昨天接到折翼的电话，让 Jame 的心跳停了一秒，放下手中的事飞奔来医院。

“不用了，”纪香扯动着嘴角，“哥，我有事想跟你说。”

折翼握着她的手，“你的身体还很虚弱，有什么事等好点再说吧！”折翼拿手摸着纪香的头。

握着折翼的手，纪香还是坚持地说：“有些事你一定要知道，不是你想的那样。”

折翼看着她，没有开口，但还是缓缓地坐了下来。

“昨天不是你看到的那样。”尽管后面纪香晕了过去，但隐约间她似乎也知道发生了什么事。

折翼还是没有开口说些什么，只是他的眼神不自觉地闪动了一下，就那么一下却也落在了一旁 Jame 的眼里。

"雨桐没有对我做过什么，是我自己去找她的。我想让她接受你，所以我们一直在聊，只是突然间我的头很疼，雨桐说送我去医院，我只觉得脑袋很疼，很晕……"纪香一直静静地说着，身边没有其他的声音，显然折翼和 Jame 也在安静地听着。

"所以哥，不是雨桐，你误会她了，你去跟她道歉，说不定她会原谅你的。"纪香拉着折翼的衣袖激动地说着。

"好了，我知道了。躺下休息好吗？"折翼依旧是微笑着对纪香说着，可是没有人看得到他的心里像被刀子又一次划开了。

看到纪香安静地睡去，Jame 走到了折翼的身边，"去找她吧！这里交给我好了。"拍着折翼的肩，Jame 缓慢地说。

转头看着床上的玉颜，折翼笑着说："我不知道现在怎么去面对她，我们之间夹杂着太多的事，你先看着纪香，我出去走走。"

不知道 Jame 在床边坐了多久，窗外的夕阳已经快要落下了，纪香动了下身子，缓缓地醒来。

"醒了。"Jame 为纪香垫高了靠枕。

"Jame，你的样子有点怪哦！想问什么就问吧！"也许真的是从小一起长大的原因，纪香还是可以看出 Jame 的变化。

"什么？"Jame 盯着纪香。

"我知道你有话想要说，说吧，别藏在心里。"纪香笑着说。

"为什么要让翼去找她？"Jame 认真地看着纪香。

“Jame，你知道吗？我一直以为我喜欢我哥，我心痛是因为喜欢，可是到最近我才发现不是那个样了。”纪香望着窗外摇曳的树叶说。

Jame 没有出声，只是静静地听着。

“我的喜欢早在很早之前就转变成另外一种爱了，不是男女之间的那种而是兄妹。我会疼是因为我发现我哥真的没有很好地爱过。他的笑好像永远都只存在于你和我之间。我心疼是因为他永远都让自己走得好坚强，而在他的内心其实过得比谁都苦。直到我看见他笑，那个他为另一个女孩子的笑。我的伤心是因为我的不适应而不是嫉妒，看见他苦着脸我会难过……其实在我哥说他喜欢上那个叫雨桐的女孩子时，我真的有心痛过，可是当我醒过来的时候更多的是释放。因为我终于看见哥哥可以去找他自己的幸福了。我才发现原来我心里的大石，一直都是哥哥不够幸福、不够快乐。现在他找到了，我的心反而平静了不少。”纪香笑着对 Jame 说出自己的心里话。

好半天 Jame 都没有从纪香的话里反应过来。

“Jame，我想回日本了。”过了好久，纪香又吐出了句话。

Jame 看着她依旧什么也没说。

“我突然发现我还是比较适合那个有着樱花的城市。”纪香扯开了笑颜缓慢地说着。

“嗯。”终于 Jame 点了点头。

接连几天，折翼和 Jame 都会到医院。

“哥！”纪香轻声地呼唤了一声，望着向窗外发呆好久的哥哥的背影，心中有一丝失落。

“嗯？”折翼回转过头，看着病床上的纪香，“怎么了？”声音很轻，满是宠爱。

“没，没事！”纪香慢慢地低下头，手指不停地交错着。

看着她的样子，折翼走上前，宠溺地揉了揉满头的长发，“到底怎么了？”

“真的没事啦！你推我到外面走走好不好？”为了不让折翼担心，纪香给了折翼一个大大的笑脸。

“嗯，好！”折翼小心翼翼地把纪香抱在轮椅上，怕使一点点力就弄疼了她。

医院是她不喜欢的地方，可是这医院的风景却美得惊人，空旷的草坪上清风吹动着白桦树，哗哗作响。

“你等我一下！”折翼说着，转身离开了。

从小身体就不好，每次总是哥哥无微不至地照顾她。为了不让折翼担心，她总是乖乖地听医生的话，总是不断地告诉自己要好好照顾自己，不要再看到哥哥担心的目光。总想像很多其他的女孩那样照顾他，哪怕只是做一顿可口的饭菜。

可是身体不好，他什么也不要她碰，只要是她喜欢的，他总会想办法给她。被他这样宠了好多年，突然纪香觉得什么都够了，这就是幸福，属于她的幸福，谁也拿不走，他会是他的哥哥，一辈子的好哥哥！现在是她该要他幸福的时候了。

凉风突起，让纪香下意识地环抱了一下臂膀。

一个宽大暖和的毛毯盖在了纪香的身上，回转过头，“哥！谢谢！”她得到了他这么温和的笑脸，那是好多人都不曾得到过的东西。她该满足了。

“傻丫头！”折翼把毛毯向上拉了一点，不让凉风有机会吹到她。

看着远方出神好久，“哥，你去找她吧！”纪香的声音很轻，坐在一旁的折翼还是听在了耳里。

他没有回答，只是双手枕着头，望着湛蓝的天空发呆。

“那天的事真的不是你想到的那样，雨桐她……”

“我知道，你已经说过了。”折翼轻声打断了纪香即将出口的话语。

“哥，我想回日本了。”纪香依旧望着远方，回转过头，才发现折翼闭着眼，也许他睡着了。

“想好了吗？”低沉的声音飘荡在空气里。

“嗯！”纪香想了好久，突然好想回那个自己生长大的地方。

“嗯，如果你想回去就回去吧！”声音依旧很轻，折翼依旧闭着双眼。

那天下午，纪香和折翼在草坪上坐了一个下午，谁也没有说话，只是静静地聆听着风的声音。

“哥，你放心啦！我会照顾自己啦！”纪香看着折翼叮嘱她的样子，嘴角的笑不经意间又扩大些。这个样子的折翼真有点像人们口中的“欧吉桑”，不知道要是这个样子的他被认识他的人看见会是什么样的结果。不过这也算几十年难得一见的异事了，那就当六月飞雪呗！

“嗯！一路顺风。”折翼也发现今天自己的话好像变得特别多，不由得干咳了几声。

“请开往东京 XXX 班航班的客人，前往二号闸口准备登机。”

“这次是真的要走了，哥，你不是还要参加你朋友的纪念会吗？还不快去，要迟到了哦！”纪香微笑着说。

纪香走到Jame身边，“来这么久了，不打算跟我说些什么吗？我马上要上飞机了。”

“还记不记得樱花飘洒的日本街头黄昏的景色？”Jame没由来的一句话让纪香愣了愣。

“好了！”Jame把纪香紧紧地搂在怀里，然后轻轻地放开，在纪香的眉肩留下了一吻，“顺风！”

纪香笑着对他们摇手说再见。望着纪香的消失背影，“走吧！”折翼拍了拍Jame的肩。

站在日本的街头，纪香呼吸着新鲜的空气，闭上眼感受着身边的一切，还是回家的感觉好啊！慢慢地睁开眼，日本的黄昏还是那么美丽，是纪香见过的最美丽的黄昏。

看着眼前的景色，纪香想到了折翼，哥哥现在应该过得很好吧！雨桐应该会原谅他吗？希望哥哥可以幸福，不，哥哥一定会幸福的。她以后都可以看见笑得开心的折翼了。他们一定会幸福的，因为哥哥和雨桐都是那么值得怜悯的孩子。纪香发自内心祝福着。

突然纪香觉得自己真的释怀了好多，也开心了好多。原来自己对折翼真的早就不是那样的情感了。从什么时候开始，那样的爱就转变为兄妹的感情了，连纪香也都是在最近才发现的。应该是在很久之前吧！也许是在Jame走的时候。

Jame这个名字又在纪香的脑海里闪现，不知道现在的他过得好不好。下意识的，纪香把手放进了书包里，也触摸到了自己的手机。手指僵硬了一下，纪香还是缓慢地摸出了手机，对着手机屏幕发呆了好久。

终于纪香还是拨通了那个熟悉的电话号码。也许纪香还不知道，这是自己第一次主动给Jame打电话。听着待机的声音，纪香的心却嘭嘭地跳了起来，她是怎么了，以前都没有这样过啊！纪香靠在一棵樱花树上，静静地等着……

他会接电话吗？心里不时有着疑问。待机的声音依旧在耳边响起，纪香缓缓地落下手，也许就是因为她的动作太慢，所以刚好在要落下的一秒钟，纪香听见了Jame低沉好听的声音，“纪香吗？”

眼睛睁大了点，纪香抬起头脸上露出了柔和的笑容，“嗯，是我。”纪香的声音轻轻的。

“不好意思，我刚才在忙，手机放在桌上就没有看见。”Jame像是听出了纪香话语里的其他的情感，小心翼翼地解释着。

纪香什么也没有说，只是脸上的笑容扩大了一些。为什么要跟自己解释呢？虽然纪香也不知道究竟是什么原因，但她还是很开心地笑了，笑得满足。

“我没有生气。”纪香缓慢地开了口，依旧是柔柔的语气。

虽然他们没有见面，但Jame还是可以从纪香的话语里听出她的喜怒哀乐。这一次Jame可以明显地感受到纪香的声音比起上一句说的要缓和多了，甚至Jame可以清楚地感受到现在的纪香是笑着的。

闲聊了几句，纪香收了线，抬眼看着这整条樱花街，这里陪了纪香好多年。似乎每一年，每一个樱花纷飞的日子都是由Jame陪伴着一起走过的……这里有太多太多他们的回忆了。一幅幅快乐的画面在纪香的脑海里闪现，那个有着Jame陪伴着的快乐的童年。

转眼樱花盛开的日子又到来了，纪香走到了街角的长长的座椅边。坐在座椅上，纪香习惯性地闭上眼，仰起头微笑着感受着身旁的一切。以往每次这样做，Jame都会用恶作剧捉弄她，然后纪香也会起来追着 Jame 跑。从街头到街角，再从街角到街头，他们追逐打闹着。整条街都充满了他们的欢声笑语，累了就一起坐下来歇息，一起仰起头看湛蓝的天空，听鸟儿的鸣叫，感受大自然的声音。那个时候他们也总会遇见一些行人，听着行人扯开嘴角说，“你看他们夫妻好恩爱啊！”那时候纪香和 Jame 都会忍不住互望一眼，然后同时仰天大笑，再然后就是惹得更多的行人注视着他们。

那今年呢？今年还会有人陪自己看樱花吗？纪香仰望着天空，今天的天空与很久之前那个 Jame 陪着她的时候一样，一样的蓝，一样的透明……

也许她可以尝试着自己一个人看樱花，一个念头在纪香的脑海里滑过。

Jame 再次见到折翼的时候已经是几天后了，他们约好在茶餐厅见面。

Jame 望着坐在对面的折翼，他终于扯开了嗓子，“今天是来告诉你，我要回日本了。”

折翼不自觉地挑挑眉，他转眼望着对面那双深蓝色的眸子，只是那眸子就像大海深不见底。可是不管怎样，凭着对 Jame 的了解，他知道他当初为何离开日本，那么现在呢？他决定回去了，是不是……

坐了一会儿，Jame 跟折翼道了别，转身向外走去。

“Jame。”折翼叫住了他，“祝福你。”折翼真心诚意地道出了自己的心意。

Jame 回转过头，给了折翼一个淡定的笑，他知道那是他朋友真心的祝福。虽然这么多年他们什么也没说过。也许朋友就是这样，就算什么也不说，但是心底的东西他们永远都能理解。

“不要来送机了，我不喜欢那场景。”Jame 懒洋洋地说道。

轻风拂过，吹动着樱花街的道路两旁的树枝，树叶沙沙作响。

已经多久没踏足这片土地了，Jame 快遗忘了，只是隐约间还记得真的很久了。

放下行李，Jame 没有休息的打算，而是独自一人走到了这条他们曾经一起笑过闹过的街。

每走一步，以往的回忆就像电影画面一样席卷而来。

缘分有时候就是这样，Jame 站在街头望着那熟悉的身影，脸上不自觉地露出了微笑……

纪香也看见了他，脸上也不自觉地露出了笑，现在是樱花开放的季节了，“怎么突然回来了？”纪香先开了口。

Jame 站在街道的尽头，手插在裤兜里，身子倚靠着一棵樱花树，脸上露出了一抹微笑，轻风吹起了他额间的刘海儿，“因为我突然想起我曾经答应过一个女孩子，要陪她看樱花……”

纪香没有说话，只是一直望着街道的尽头……

Jame 突然收住笑容，冷着张脸走向纪香。一切的美好，一切的一切都在瞬间凝固，随着 Jame 的笑容凝固。他迈开步子，朝她走去，“你……还爱着折翼吗？”在纪香面前顿住脚步，Jame 脸上没有任何表情，他知道，有一个道理他一直都知道的，期望越大，失望越大。

“你说，忘记一个人，需要多久？”纪香不答反问。

“忘记他之后，你会接受我吗？”Jame 也没有回答纪香的问题，盯着纪香的眼睛认真地说。

“你要等我吗？”纪香转过头，望着远方。

“你知道的，我一直都在等你。”Jame的声音很轻，很柔，像拂过的轻风。“那你回答我刚才的问题，忘记一个人需要多久？我不想让你等太久。”纪香静静地说，她依旧没有回头看Jame，也许是她害怕看见Jame炙热的眼神。“纪香，谁都没有办法回答你这个问题。能不能忘记翼，要花多久才能忘记翼，其他人都没有办法回答你。也许，你这辈子也忘不了他。不过，不管怎样，我都会一直等你，一直守护在你身边的。”Jame说。“Jame，你什么时候变得这么迂腐啊？你看过这样一本书吗？它说，忘记一个人，有时候只需要……”纪香淘气地不把话说出口，她这是存心吊Jame的胃口，哼，谁让他拿这张死人脸对着她的，他这是活该！

“纪香，我不勉强你现在就接受我，只要能陪着你，就够了。”“你……”纪香差点气得把所有的礼教都丢到一边，Jame的反应也太慢了点吧。在社会上混了这么多年的他，竟然会看不出来她这个小丫头的心思，阿门！

“怎么了？”见纪香半晌都不吭声，Jame终于肯正视她了。

“忘记一个人，其实只需要一秒钟。但是，爱上一个人……”纪香又在吊Jame的胃口了。以前怎么就没有人发现纪香的恶作剧细胞呢？

“你什么时候才会爱上我？”Jame缓慢地问。

“我为什么要爱上你？世界上有这么多的美男子，条件比你好的多得很，我就不信，我不会碰上传说中的黑马王子。”纪香含着笑说。

“有我这个白马王子陪着你，你还要找什么黑马王子啊？除非，你还爱着折翼。”无意间捕捉到纪香眼中的狡黠，Jame也开始进入状态了。

“你终于开窍了吗？Jame，你知道吗？爱上一个人和忘记一个人一样，都只需要一秒钟。”说这句话的时候，纪响害羞地低下了头。

“你……你……”Jame激动地说不出话来，他开始在纪香面前徘徊，来回走了好几次，他再次在她面前站定，“你是什么时候爱上我的？”

“我有说我爱的是你吗？”拼命忍住心中的笑意，一脸的不可一世，只是淡淡的红潮泄露了她心底的秘密。

“说，你是什么时候爱上我的？”Jame一把抱起纪香，“你不说的话，我就挠你痒痒。”他邪恶地笑了。纪香最怕痒了，拿这招对付她，绝对奏效。

“嗯……啊，不要挠了，我……我投降！”纪香在Jame怀里“抱头鼠窜”，她好惨哪，竟然被Jame抓到这个把柄。

“快点说！”Jame脸上是坏坏的笑。

“哎呀，你先把手放开嘛。不然，会被别人看到的啦。”纪香嘟起小嘴，Jame为了不让自己冲动地去吻她，听话地放开纪香。

可惜，一得到自由的纪香马上就脚底摸油——开溜了。

“追到我，我就告诉你。”在确定自己到达安全范围后，纪香大声说，说完之后，她笑得无比灿烂，迈开莲步在樱花树下奔跑。Jame，你知道吗？看到你出现在街道尽头的时候，我突然发现了你所有的好，也爱上了你。就在那一瞬间，我发现自己对折翼，只是一种依恋，一种深深地依恋……

一男一女，帅哥美女，在这条种满樱花的街道上追逐，满树的樱花都在为他们祈祷，它们深深地祝福他们，也祝福另外一对。

那天下午，天空蓝得透明，那天下午的夕阳很美，那天下午的轻风很迷人，那天下午的樱花雨让人如痴如醉……